講談社文庫

禍根(下)

パトリシア・コーンウェル|池田真紀子 訳

講談社

●目次

禍根（下）

●主な登場人物（禍根・上下共通）

ケイ・スカーペッタ　ヴァージニア州検屍局長
ルーシー　ケイの姪
ベントン・ウェズリー　ケイの夫。シークレットサービス捜査官。犯罪心理学者
ピート・マリーノ　元刑事
ドロシー　ケイの妹。ピートの妻。グラフィックノベル作家
オーガスト・ライアン　米連邦公園警察刑事
マギー・カットブッシュ　ケイのアシスタント
エルヴィン・レディ　ヴァージニア州保健局長官。前検屍局長
グウェン・ヘイニー　バイオメディカル研究員
ジンクス・スレーター　グウェンの元カレ
ブレイズ・フルーグ　アレクサンドリア市警巡査
グレタ・フルーグ　ブレイズの母。薬毒物鑑定官

デイナ・ディレッティ　有名キャスター
クリフ・サロウ　タウンハウスの管理人
キャミー・ラマダ　事故死とされる女性
レックス・ボネッタ　検屍局主任薬毒物鑑定官
ガブリエッラ・オノーレ　国際刑事警察機構（インターポール）事務総長
シエラ・ペイトロン　シークレットサービスサイバー調査官
クラーク・ギヴンズ　検屍局分子生物学者
ジェイク・ガナー　米国宇宙軍司令官
ジャレッド・ホートン　軌道実験モジュール乗員
チップ・オーティズ　国際宇宙ステーション（ISS）飛行士
アンニ・ジラール　チップと同
ファビアン　検屍局法医学調査官
ダグ・シュレーファー　検屍局副局長

21

「話を聞いていると」ＣＩＡ長官が言った。「その女性は、スパイ活動と無関係の殺人事件に見せかけて消されたのではないかという気がしてくるね。そう考えれば、両手が切断されていて見つからないことにも納得がいく。何者かによる報復、脅しのための事件と思える」

「彼女を邪魔に感じ始めたロシアが、このあたりで排除しておこうとしたとか」国防高等研究計画局（ＤＡＲＰＡ）長官が言う。

「一方で、彼女の殺害と今回の一件はまるで無関係という可能性もあります」ベントンが疑問を呈する。平らにつぶれた一セント硬貨のことを考えているのは明らかだ。

そのちっぽけな事実が大きな声を上げて注意を引こうとしているように思える。これは口封じのための殺人などではないぞと知らせようとしている。私は線路の上にあったつぶれたコインを思い描く。雨に濡《ぬ》れて銅色に輝く楕円《だえん》形の薄板。あのコインは何らかの重要な意味を持っている。あれが何の意味も持たないとは、たまたまあそこにあっただけとはとても思えない。

「彼女のパソコンの解析が進めば、事実関係が明らかになるのではと期待しています」ベントンのその発言をきっかけに、またも質問が相次いだ。

「グウェン・ヘイニーの携帯電話はどうなっている？」

「まだ発見されていませんが、携帯電話会社には問い合わせ済みです」ベントンが応える。

「彼女がかけた最後の電話は？　通話記録は確認できていますか」

「金曜の午後」ベントンが言う。「コロニアル・ランディングの管理人にかけたのが最後です」

グウェンは宅配便の荷物を待っていたらしい。ベントンは、私がこの瞬間までまったく知らなかった情報を次々に付け加えていく。荷物の配達記録によると、金曜の朝十時三十分に管理事務所に配達されていた。私がグウェンの家のキッチンカウンターで見たあの荷物だ。午後になってから、グウェンから管理人のクリフ・サロウに荷物の所在を確かめる電話が行った。

「その電話をようやくかけたのは何時ごろ」別の誰かが質問した。

「午後四時前です。それからまもなく死亡することになるわけだ」ベントンは私を見て続けた。「クリフ・サロウはグウェンの問い合わせに、彼女宛の荷物の配達はなかったと答えた。荷物は見ていないと」

「受け取りにサインが必要な荷物だった？」私は尋ねた。

「どうやらグウェンは、ふだんから要サインの設定をしていなかったようでね。荷物はたいがい管理事務所の玄関前に届けられていた」ベントンが言った。私は荷物が未開封だったことを思い出した。

「中身は何だった？」私は訊《き》く。

「携帯デバイスの充電器三個」

「私がグウェンのタウンハウスのキッチンカウンターで見た荷物が、グウェンが管理事務所に問い合わせた荷物と同じものだと仮定して」私は続けて質問する。「午前十時三十分に配達員が管理事務所の玄関に置いて以降、荷物はどこにあったの？」

「そう、問題はそこだ。荷物はどこにあったのか。誰が保管していたのか」ベントンが言い、テーブルを囲んだ一同が先を争うように質問や意見を発した。

「管理事務所に配達されて五時間も六時間もたってから、やっと問い合わせの電話をかけたわけですか」

「彼女が襲われる直前に荷物を届けたのは誰？」

「管理事務所から誰でも荷物を持ち去れました。玄関前に放置されていたのならとくに」ベントンが言う。「管理事務所に住みこんでいる管理人も、荷物が来ていることに気づかなかったようです」

「死亡時刻は？」ガナー大将が私に訊く。

「夜の早い時間帯です」私は推定される死亡時刻を答える。「荷物の問い合わせから一時間または二時間後くらいかと」

「その荷物の外側に付着しているDNAを採取して検査したら、興味深い結果が出るのではないかな」FBI長官が提案する。私だってそのくらいの検査はとうにしている。

「荷物はキッチンのカウンターの上にありました。パティオに面した勝手口のそばです」私は全員に向けて説明する。「もちろん、荷物表面に付着していた分のDNA型鑑定を行っているところです」FBI長官に向けてそう付け加えた。

クワンティコにあるFBIのラボのほうが、私の検屍局のラボより優秀だと長官が信じているのは明らかだ。そう考えたとき、分子生物学が専門のクラーク・ギヴンズが言っていたことを思い出して、気持ちが沈んだ。キャミー・ラマダ事件のDNA型鑑定はいまだ行われていない。しかもその理由は、未処理案件がたまっているからではない。

「未開封の荷物のすぐ近くの床にマグが落ちて割れていて、チキンヌードルスープがこぼれていました」私は一同に言う。「それで、グウェンは驚き、怯《おび》えたのではないかと考えました。誰かから逃れようとしたのではないかと」

続けて、コロニアル・ランディングの住人が管理事務所の玄関先に届いた荷物を持ち去ることが可能ならば、同じことは誰にでもできると指摘した。

「それには犯人も含まれる」ベントンが言葉を添えた。私の脳裏に、目隠しされた防犯カメラが浮かぶ。開いて、また閉まるセキュリティゲート。再生される不気味な音楽。

グウェンを殺した犯人が宅配の荷物を持って現れたとすれば、相手にもよるが、グウェンは油断したかもしれない。防犯アラームをオフにしてドアを開けたかもしれない。

「顔見知りの相手だったとすれば、なおさらです」ベントンは続けた。「過去に言葉を交わしたことがある人物、近所で見かけたことのある人物。そんな程度の相手だったとしても、それで十分でしょう。誤った判断を下すには一秒とかからない」

「しかも、彼女があわてて探していたらしい荷物をその相手が持っていたとすれば、そちらに気を取られた可能性もあるね」シークレットサービス長官が言った。「それが他人には渡したくない荷物だったとすれば」

「充電器も、それが入っていたフェデックスの箱も、我々のラボにあります」ベントンが一同に向かって言った。「指紋とＤＮＡの検査はこれからですが、すでに判明していることがあります。充電器にはマルウェアが仕込まれています。携帯電話を接続すると、全データがダウンロードされます」

「ドリームチェイサー宇宙船は、あと八分でドッキングだ」データウォールの映像を見守っていたガナー大将が最新情報を伝えた。

ベントンが椅子に座ったまま振り返り、私たちの真後ろに座っているトロンに言った。「このあたりで、例の録音を聞いてもらおうか」

「そうしましょう」トロンはそう答えて立ち上がった。

「グウェンの携帯電話の留守電サービスに今日未明録音されたメッセージです」ベントンが一同に向き直って言った。トロンが目当ての音声ファイルを呼び出す。

「ホートンはおそらく、ゆうべのニュースで彼女の行方不明を知ったんでしょう。そしてついに彼女に電話して確かめずにはいられなくなった」トロンが全員に向かってそう話す。「ただし、どっちに転んでも結果は変わらないというタイミングまで辛抱強く待った。彼が留守電サービスに残したメッセージを私がきわめて興味深いと思う理由の一つは、ロシア語で話しているからです」

「グウェンに向けて、ある意味で暗号化されたメッセージを送ったのはなぜかを考えなくてはなりません。おそらく自分がどこに向かうつもりでいるかを暗に伝えようとしたのではないかと」ベントンが言った。

「メッセージを聞いてみましょう」トロンが機密に指定されたノートパソコンを大統領の前に置き、録音を再生した。

「プリヴィエット・イズ・コースモサ。カク・デラ?」ホートンからグウェン宛てのメッセージはそれだけの短いものだった。グウェンは録音されたことを知らず、聞かないままになったメッセージ。この先も決して聞くことがないメッセージ。

「意味は、〝宇宙からこんにちは。元気かい?〟」トロンが英語に訳す。「それだけです。意外ではありません。まもなく他人に聞かれることになるとホートンは知っていたわけですから。しかも詳細に分析されるとわかっていた。私たちはいま、まさにそのとおりのことをしているわけです」

トロンによると、ホートンが電話をかけたのは、東部標準時で今日の午前二時二分。ちょうどそのころトール研究所の軌道モジュールは、ニューヨーク市のおよそ五百キロメートル上空を時速約二万八千キロメートル（マッハ二十二）で通過しようとしていた。

「上空を通過する軌道モジュールを地上から確認できるのは、せいぜい三分程度だ。暴風雨のなかでかろうじて見えたとしても」ガナー大将が言った。

曇天で隠されてしまうのは人工衛星や宇宙ステーションだけではない。先週の金曜の夜、コロニアル・ランディングの正面ゲートを出入りした何者かだって条件は同じだ。上空からは雲が邪魔で見えない。

「地上で起きていることが軌道を周回しているカメラでどこまで捉えられるかは、あまり知られていません」私は言った。

「そのとおりだね、ドクター・スカーペッタ」ガナー大将が私にうなずいた。「ホートンはそういった詳細をよく知っていただろうし、グウェン・ヘイニーの殺害に何らかの形で関与していたとすれば、なおさらそのことを強く意識していただろう。ここまでの話を聞いた印象では、ホートンの精神状態は不安定になり始めていたようだ」

ほかの乗員二名は以前にも宇宙空間に長期滞在した経験があった。しかしホートンは初めてだった。滞在が長くなるにつれ、孤独は深まり、根拠のない不安に心をむしばまれていったことだろう。

「ソユーズに乗って逃げると冗談を口にする場面もあったようだ。自分をむげに扱うと、きみらを置いて逃げてやるからなと」大将が言った。

「移動の手段を外国に頼りたくない理由の一つがまさにそれですね」フロリダ州選出の上院議員が言う。

「ホートンは現在ロシアにいて、我々の意向は及ばない――軌道モジュールにドッキングしていたのがソユーズだったから。たとえばスペースX社のドラゴンだったなら話は変わっていただろう。仮にアメリカの宇宙船だったらね」NASA長官が言った。「海に着水して、我々が回収していたはずだ。ホートンはいまごろケネディ宇宙センターのクリニックにいただろう」

しかし、ケネディ宇宙センターでアメリカの有人ロケット打ち上げが再開されたのは、つい最近のこと――スペースX社とパートナーとして手を結んでからのことだ。NASA長官は背景をそう説明した。およそ十年前にスペースシャトルが退役して以降、国際宇宙ステーション（ISS）に人を送る手段がなかったのだ。

「とはいえ、アメリカや我々の同盟国はいまも必要に応じてソユーズを使っている」ガナー大将が言った。「トール研究所を始め民間企業ももちろん利用している。ホートンは、何年にもわたってロシアを何度も訪れ、あらゆる特殊訓練を受けた。そして今年の九月なかば、カザフスタンのバイコヌール宇宙基地からほかの乗員二名とともに今回のミッションに出発した」

最近のミッション費の大半を負担しているのはNASAではなく民間企業だとNASA長官が付け加える。アメリカ政府は、宇宙飛行士一人がISSを往復するごとに九千万ドルを負担してきたが、トール研究所はそれより大幅に低い額で運用している。

「最終アプローチ」ガナー大将の目はデータウォールに映し出されたドリームチェイサーのカメラ映像に釘付《くぎづ》けになっていた。トール軌道モジュールがもう目の前に迫っていた。「減速する。ドッキングまで二十メートル」

炎のようなオレンジ色にふちどられた青黒いソーラーパネルが鮮明に見えていた。並んだパネルは薄く繊細な昆虫の翅《はね》のようだ。トンボが思い浮かぶ。モジュールが九十分で地球を一周するたびに太陽が昇り、沈んで、刻一刻と色を変えるその光が船体を輝かせている。

「奇妙だな。外観ではこれといった損傷がなさそうだ」ガナー大将が即座に言った。

太陽光エネルギーを電力に変換する光起電材料の密な集合体であるソーラーパネル

二枚に、見るかぎり破損はない。どのような損傷を受けたにせよ、外観からは確認できない。通信の途絶した銀色の宇宙船は、スクールバスほどの大きさだ。強力な望遠鏡の視野でも、軌道上にいくらでもある大型人工衛星の一つとして見過ごされるだろう。

しかしさらによく観察すれば、実験プラットフォームと小型ロボットアームが装備されていることに気づく。通常の人工衛星とは異なり、ドッキングポートを二つ備えている。どちらもいまは空だ。ホートンは、唯一ドッキングされていた船に一人で乗りこんで脱出したのだろう。誰の話を聞いてもホートンは独断で軌道モジュールを離れている。重傷を負った同僚二名を救護することなく見捨て、自分だけ逃げたのだ。残された乗員二名には、通信手段も、地球に帰還する船もない。

なんと身勝手な、そして臆病な行為だろう。彼の頭には、自分が助かることしかなかった。自分がどんな面倒に巻きこまれるかと、それだけを心配した。他人の財産を盗み、スパイを働く人間は、他人のことなど考えない。他人を思いやって苦しんだりしない。私は言葉では言い尽くせない嫌悪に震えた。

「いま見えているのは、ドリームチェイサーの乗員が手動でドッキングを試みている映像だ。地上との通信が途絶しているため、軌道モジュールの自動制御は使えない」

ガナー大将がまるで実況中継のように解説を加える。「軌道モジュール内の乗員二名の状況はまったくわからない」大将はそう繰り返した。「軌道モジュールで進行していたきわめて重要なプロジェクトの運命もわからない」

何十億ドル、何百億ドルの資金が投入された最高機密のバイオメディカル研究開発プロジェクトは、国民にその存在を知らせないまま何年も続いていた、と大将は言う。

「トール研究所の研究とテクノロジーには、ヒトの臓器や皮膚の3Dプリンティング技術が含まれます」副大統領が鋭い目を手もとのノートから上げて言った。「軍事政策や宇宙旅行、世界の指導者の健康に――全人類の未来に、これがどのような影響を及ぼすかは言うまでもないことでしょう」

22

「接触。ラッチ結合完了」ドリームチェイサーが目的地に到達し、ガナー大将はドッキング成功を宣言した。

ライブ映像のアンニ・ジラールとチップ・オーティズが五点シートベルトをはずした。体が漂っていかないようフットループに足を引っかけた状態で、船内与圧服を脱いでいく。スーツを頭上にネットで固定したあと、気圧チェックを手早くすませた。

次に確実にドッキングされているかどうかを確認しているが、無重力空間では何をするのも一苦労だ。軌道モジュールのロボットアームに反射した太陽光が近くの丸窓から射《さ》しこんでいる。折りたたまれたロボットアームは、実験プラットフォームにちょこんと止まって祈りを捧《ささ》げている銀色のカマキリのようだ。

「宇宙飛行士二名との通信を接続しよう」ガナー大将がリモコンに手を伸ばした。

私はライブ映像を見つめた。軌道モジュールが雲に包まれた青い地球のどのあたりを飛んでいるのか、見ていてもわからない。白く輝く山々がちらりとよぎった。ヒマラヤ山脈だろう。実験プラットフォームと居住スペースを兼ねた軌道モジュールは銃弾のようなスピードで地球軌道を周回し続け、眼下に見える地表の凹凸は絶えずその形を変えている。

「二人はまもなく制御不能のTO－1に入る」ガナーは、いま何が起きているのか、随時解説を加える。「アンニ、チップ。通信状態はどうかね」

「良好です、大将」二人がドリームチェイサーのコクピットに備えつけられたカメラ越しに応答した。私たちを取り巻くデータウォールに、本人がすぐそこにいるのかと勘違いしそうに鮮明なライブ映像が映し出されている。

「旅はどうだった？」

「順調でした、大将」チップが親指を立てて見せた。

「通常の手順を短時間で片づけます。リークチェックと加圧プロトコル開始」アンニはコンピューターのディスプレイを見つめ、メニューをスクロールしている。

「大急ぎで乗り移らなくては」チップが言う。乗員二名はいまも生存しているという希望を二人が捨てていないのは明らかだ。

「接近してドッキングしたとき、軌道モジュールの外側に損傷を認めたかね」ガナー大将が尋ねる。「こちらでは確認できなかったのだが」

「損傷は見られませんでした」チップは手袋を頭上のネットに押しこんだ。

「ソユーズが消えていることを除けば、異常は認められません」アンニの口調には重苦しく陰鬱な響きがある。データウォールには、カザフスタンに着陸するソユーズの帰還モジュールの映像が繰り返し流れていた。「報告どおり、ソーラーパネルに破損があるとしても」アンニは続けた。「外観からは確認できません」

「実験プラットフォームとロボットアームも鮮明に見えます。その二つにも損傷はないようです」チップが報告した。

「接近中のそちらのカメラ映像を見ていたが、私も同意見だ」大統領が言った。「軌道モジュールにはまったく損傷がないと考えていいようだね。これまでの報告とは相違して」

「センサーの数値を見るかぎり、TO-1の気圧も低下していないようだ。酸素レベル、生命維持システムはともに正常に機能している。ホートンの主張とは裏腹に、ソーラーパネルも発電を継続している」NASA長官が言った。「オフラインになっているのは、通信、ビデオカメラ、船内の実験室だけのようだな」

アンニとチップが軌道モジュールに移るのに、ポータブル型の生命維持装置が必要ないのはよいニュースだ。船外活動用宇宙服（EMU）は、せまい空間ではかさばりすぎる。身動きのたびに何かにぶつかって、繊細な機器に損傷を与えてしまいかねない。

二人はEMUをISSに置いてきていた。必要になりそうな徴候は何一つなかったからだ。徴候があったなら、軌道実験モジュールの船体に亀裂が生じ、宇宙空間の極端な低温と真空が乗員に襲いかかっていることになる。つまり、そもそも救援に駆けつける意味がない。

その場合、軌道モジュールは、船内の遺体とリサーチプロジェクトごと放棄されることになっていただろう。やがては重力によって大気圏に引き寄せられ、スペースデブリのように炎に包まれて、真実はほとんど知られることのないままになっていただろう。しかし、センサー類の数値を見るかぎり、生命維持システムはシャットダウンするどころか、正常に機能していると思われる。

軌道モジュール内の環境はISS内と変わらないはずだ。アンニとチップはそれを前提とした服装をしている。二人はカーキのパンツにミッションパッチのついたポロシャツとソックスという通常の制服の上から防護服を着ようとしている。

「手袋は二重に」私は頼まれるまでもなく指示を始めた。「N95マスクはある？　フェースシールドは？　目を守るためのシールドとマスクはかならず着けてください。空気中を何が漂っているかわからないから」私は説明した。私が心配しているのは主

として ウィルスなどの有害生物だ。

「はい、用意があります」極微重力の環境でタイベック素材のカバーオールを着けるのはなかなか骨が折れる。カバーオールのつるつるしたパンツ部分や袖が勝手に持ち上がって逃げていくからだ。「胸に着けるカメラも持ってきています。いまから装着します」

「軌道モジュールには、ISSと同じように最低限の医療用具がそろっているんですよね」私はまるで目の前にいるかのように、データウォールの二人に尋ねた。

おそらく、と二人は答えた。それでも念のため医療用具が入ったソフトケースを持っていくという。二人は前後に並んで軌道モジュールと結ばれたハッチを抜けた。胸のカメラが陰惨な光景を映し出した。二名の乗員は宇宙服の下に着けるおむつと冷却下着という姿だった。足首まで届く下着の白いコットン地は黒ずんだ赤に染まっている。

遺体はうつ伏せで漂っている。腕と脚は軽く曲げられていた。二十四時間作動しているさまざまなファンが災いして、現場鑑識の悪夢が作り出されていた。乾燥して粉末状になった血液が飛散し、遺体の青白くなったむきだしの皮膚は黒っぽい赤色の粉末で覆われている。虚《うつ》ろに遠くを見つめている白目は、まるで充血したように真っ赤だ。伸びかけた髪は空気が動くたびに揺れ、根元から立っているように見える。

艶《つや》やかなスチールの表面や白い難燃性素材は、スプレー塗料を吹きつけられたかのよう、血の色をした雪が入ったスノードームを激しく振ったかのようだ。まだ乾ききっていない血があらゆる表面にこびりついている。やがてその血が乾いて舞い始めるだろう。乾いたあとは一つところにとどまらない。エアフィルターの惨状が目に浮かぶ。機能をまったく果たさなくなっているだろう。

「二人とも死亡しているようです」これ以上ないほど明らかな事実をアンニがあえて報告する。内心では震え上がっているだろうに、アンニもチップも勇敢だ。

「二人にぶつからないように気をつけて」私はデータウォールのライブ映像に向かって言う。

せまい軌道実験モジュール内部は、固いもの、尖《とが》ったものでいっぱいだ。

「あなた方二人やほかの何かに遺体がぶつかってしまわないように」私はそう付け加えた。

遺体は、重力から逃れてはいても、質量はある。人間や金属の物体に衝突しようものならかなりの損傷を与えるだろう。

「二人にぶつからないようゆっくり動くようにします」チップが言った。そこで何が起きたかを再現するのに、科学的な手法や道具の助けは借りられない。

「いくぶん時代遅れなテクノロジーに頼るしかなさそうです」私はシチュエーション・ルームの一同に報告する。

いまや誰もひとことも発しない。誰もがデータウォールに映し出された悲惨な光景から目を離せずにいる。

何より重要なのは、二人がいつ、どのように負傷したかを確かめることだ。私は黙りこんだテーブルの面々にそう話す。

この状況では、それを突き止めるのは不可能に近い。やれなくはないが、カメラ映像や音声記録がないのはつらい。負傷したとき二人がどこにいたのか、何をしていたのかを教えてくれるデータらしいデータがない。

「血の出どころは空間の一点にとどまらずに動き続けていたわけです。また、血痕パターンも意味を持ちません」私は説明を続ける。「つまり二人の移動経路を逆向きにたどるのは不可能です。二人が死亡した場所も含め、現場の状況から読み取れることはほとんどありません」

船外活動のあと、二人はエアロックまでどうにか戻り、そこで死亡したとも考えられそうだ。とはいえ、それは船外活動が実際に行われたと仮定しての話で、映像を見るかぎり、行われたことを裏づける形跡は何もない。時間の経過とともに、二人の遺体は空気の流れに押されて移動したのかもしれない。風に運ばれて実験エリアまで来て、天井を這《は》っているケーブルの束や、コンピューターのラックなどハードウェアがびっしり並んだ壁に何度もぶつかったかもしれない。

カウンターの上には、冷蔵庫や冷凍庫、ヒト組織の作成に使う種類の3Dレーザー・バイオプリンターがある。ヒト幹細胞から皮膚、骨、血管、臓器、四肢を作成できる。無重力状態では、3D構造を支える足場の必要がないのが強みだが、現時点では地球上で重力から逃れる術はない。

現在のテクノロジーでは、宇宙飛行士や研究者、私のような科学者を同乗させた無重力ジェットで放物線飛行を行い、短時間だけ無重力状態を発生させる程度が限界だ。体が浮かび上がる無重力の感覚は私も知っている。その環境で体液などの物的証拠に何が起きるかも知っている。極微重力は犯罪の現場では災難でしかないが、複雑な内臓など柔組織を作るには最適だ。

最高機密の軌道モジュールはトール研究所が管理しているもの以外にもあるのかもしれない。死が人体にどのような変化をもたらすのかを観察するための死体農場《ボディファーム》ではなく、命を新たに創り出す場としての人体農場。そのテクノロジーの存在は、私もしばらく前から知っていたが、宇宙ですでに始動していたとは知らなかった。ジャレッド・ホートンは逃走前に〝店を荒らすだけ荒らした〟らしい。

映像で確認できるアクリル樹脂容器はどれも空っぽだった。何と何を持ち出したのかはわからない。それでも、無重力空間にそのヒントが漂っていた。アンニとチップが移動した拍子に、天井近くに人工心臓がまるで逃げ出したパーティのバルーンのように浮かんでいるのがちらりと見えた。３Ｄプリントの心臓は、本物と見まがうリアルなものだが、まだ完全に機能するわけではないだろう。大きな音とともに吹く風に押されて漂流している腎臓や耳、それに膀胱《ぼうこう》らしき物体についても、それは同じだ。極微重力の環境でファンは休むことなく回り続けていた。

ファンが停止したら、気体もほかのあらゆるものと同じように空中を浮遊する。二酸化炭素が誰かの頭の周囲に集まって、死の風船を作らないともかぎらない。ただし、乗員二名の命を奪ったのはそれではない。二人は失血して意識を失ったが、窒息はしなかった。肌の表面張力で首を這い上ってきて、まるで心霊体《エクトプラズム》のように口や鼻から入りこんだ自分の血を誤嚥《ごえん》はしたかもしれないが。

「いくつか確認してもらいたいことがあります」私はアンニとチップに伝えた。地上の変死体の場合と同様、まずは死後変化を確かめてもらう。

何をチェックすればいいかを説明した。アンニが女性乗員の下着姿の遺体に近づき、腕を動かそうとしたが、腕は抵抗した。死後硬直は完成している。無重力はそれに影響を及ぼさないようだ。ただし、重力によって死体の下側に血液が集まることでできる暗紫色の斑点、死斑はないだろう。

死斑を見れば、死後に遺体が動かされたかどうかがわかる。この場合、答えはイエスだ。死後に動かされたどころか、この二つの遺体は吹きつける空気に煽《あお》られて止まることなく動き続けた。絶命したときどのような姿勢だったか、皆目見当がつかない。

「お二人のどちらか、遺体をゆっくり回転させていただけますか。あらゆる角度から見てみたいので」私はそう説明した。

「了解」アンニが言う。

「そのあいだに」私はチップに言った。「二人が船外活動中に着ていた宇宙服を探してください」

「エアロックにあるはずです」チップは周囲を見回して自分の位置を確かめた。「行ってみます。また報告します」

「自分の目で見てみたいわ」私は言った。

「了解。カメラで宇宙服の映像を送ります」近くの物体をそっと手で押して進路を変え、チップは血の色に染まった天井に並ぶランプをたどってエアロックに向かった。

血の霧のなかを直立した状態で移動するチップは、文字どおり空中を歩いている。難燃性繊維の袋に入った宇宙食がベルクロテープやバンジーコードで固定されたギャレーを通り過ぎたところでふいに左へ向きを変え、長期滞在中に筋肉や骨が萎縮するのを防ぐためのエクササイズマシンのそばをすべるように過ぎた。

開いたままの別のハッチをすり抜けた先がエアロックだ。分解された状態の白い宇宙服が二組、不気味に漂っていた。二人が大あわてで宇宙服を脱いだのは明らかだ。上部胴体、下部胴体、ヘルメット、ブーツがファンの風に吹かれてゆらゆらしている。

「エアロックに戻り、再加圧して、宇宙服を脱ぐまでに、どのくらい時間がかかったと思われますか」私はシチュエーション・ルームに問うような視線をめぐらせた。

「理想の条件下でも、簡単なことではなさそうに思いますが」

「ハッチから出てすぐに向きを変えて戻ったと仮定して」ＮＡＳＡ長官が言った。「短くとも三十分。おそらく四十分といったところだろう。最速で宇宙服を脱いだとしても、そのくらいはかかる」

　チップは宇宙服のSサイズの上部胴体を引き寄せ、丹念に目を凝らしたのち、上部右側に穴が二つあると報告した。ボディカメラがちょうどその穴をとらえるよう、自分の体の向きを調節する。データウォールの映像で、私たちにもその穴が確認できた。

　難燃性素材に開いた穴は、きれいな円形をしていた。直径は十セント硬貨くらいか。女性の遺体の右脇腹と右肩にあった穴と位置がぴたり重なる。船内の血の量を見るかぎり、二人は相当量の血液を失ったようだ。

　女性乗員の体にぶつかった物体は、おそらく大きな血管を損傷した。彼女は大量に出血し、血液は短時間で乾燥し、大半はファンでかき回された空気によって漂った。上部胴体に開いた二つの穴が、まるで書類用の穴開けパンチを使ったかのように、どちらもまったく同じであることは即座に見て取れた。

　スペースデブリにぶつかられたのなら、そっくりな穴が開くとはかぎらない。スペースデブリのサイズや形は一定ではないのだ。パイプ爆弾の破片なら考えられなくもないが、それにしても傷口がきれいな円になることはまずない。

「チップ、ぶつかった物体が体外に出たときの穴や破れはある？」私の疑念はふくらむ一方だった。「彼女の宇宙服のほかの部分を調べてみて。飛来物が体外に抜けたときにできた穴や破れはない？」

「見るかぎり、ないようです」チップがエアロックから答える。「しかし、飛んできたものがヘルメットの耐衝撃シールドに当たったほうがまだ幸運だったかもしれないな」チップはそう付け加えたが、運、不運の問題ではない気がした。

次にチップは男性乗員の宇宙服を調べた。サイズはＸＬ。まず上部胴体を、次に下部胴体を見る。そっくりな穴が右肩と腕に見つかった。もう一つ、右太ももにも。実験エリアに浮かんだアンニが遺体を見て確認した穴の位置と一致した。私の脳裏には、恐ろしい絵が描かれ始めていた。

23

亡くなった二人はおそらく、スーツを脱いだあと医薬品が保管されている実験エリアに戻ったのだろう。ことによると応急手当てをするあいだ、あるいはそれを試みるまでは生きていたが、途中で力尽きたのだ。そうだとすれば、許しがたい疑惑が浮かび上がってくる。

「二人の宇宙服――EMUには穴が開いていました。つまり負傷したとき、宇宙服を着ていたことになります」私はシチュエーション・ルームに向け、これまでの経緯を要約して伝えた。「ここまでは確認できました」

「そのあと長時間生存できただろうか」大統領が尋ねる。

「この時点で私から言えるのは」私は答えた。「二人は即座に動けなくなったわけではなさそうだということです。けれど、状況が許すかぎり体の内部の損傷を詳しく調べてみないことには断定はできません」

「ホートンは何らかの救護を試みたのだろうか」国務長官が訊いた。

「映像で確認できるかぎりでは、亡くなった二人は多量に出血しています」険しい表情でおぞましい映像を見つめている一同を私は見回した。「血圧がゼロになれば、出血は止まります。出血が長時間続いたのなら、それだけ長時間生存していたことになります」

「応急手当てを試みた形跡は？」副大統領が私に訊く。

「ありません。映像を見るかぎりでは」私は答える。

「そうなると、カメラや通信機器を停止したのはいったい誰だ？」テーブルを囲んだ面々から質問や意見が立て続けに出た。

「ホートンだろう。ほかに考えられない」

「しかし、なぜ？」

「気づかれずに脱出するため。阻止するには手遅れになるまで時間を稼ぐため」

「カメラが停止したのは、ホートンが脱出する何時間も前です」ベントンが指摘した。

「乗員二名が何も気づかなかったなどということがあるだろうか。何の理由もなくヒューストンとの通信が途絶したのに」シークレットサービス長官が尋ねた。

「疑問の一部には答えが出ないままになるかもしれません」ベントンは言った。

「ホートンの責任は重大だ」ＦＢＩ長官は言い、私を見て続けた。「しかし、上空で何があったか解明するのは困難だろうね。遺体を手厚く葬る以外、私たちにできることがあるとは思えない。検死解剖をしようにも、地上に下ろせないわけだから」

二人の遺体をどうするか、名案はない。軌道モジュールに置いたままにするわけにはいかず、かといって地上に下ろすこともできない。軌道上に遺体保冷庫はないし、宇宙船に遺体を積みこんでISSに運ぶのは問題外だ。運んでどうする？　廃棄物スペースに常温のまま遺体を保管しておくわけにはいかない。

このあと腐敗が始まる遺体を軌道モジュール内に残すのは、軌道モジュールそのものを放棄するも同然だ。何百億ドルものコストと長年の研究開発が無駄になる。この時点、この状況では、考えたくもないことではあるが、宇宙空間に捨てるしかない。

FBI長官は、宇宙空間で死亡した人間の死体処理ガイドラインを詳しく説明せずにいる。もしかしたらガイドラインを知らないのかもしれない。しかし私はもちろん知っている。そのような不慮の災難に備えた計画を立案し、死因特定の簡単な手順を用意しておくこと。それが終末《ドゥームズデイ》委員会における私の役割だ。

「実験エリアに戻ります」チップが言った。

指一本で勢いをつけ、実験エリアのほうに戻っていく。そのあいだに私はアンニに、緊急医療用具の保管庫がどこかにあるはずだから探してほしいと頼んだ。

「これですね」アンニは胸に装着したカメラを赤い十字のマークがついた大きなパネルに向けた。

「よかった。必要なものはありそうね」私は言った。「一緒に超音波検査を始めましょう。まずHRF－1の電源をオンにして」

「HRF－1の電源をオン」有能な宇宙飛行士らしく、私の指示を繰り返した。HRF－1とは何か、NASA長官がシチュエーション・ルームのメンバーに解説する。ヒ《H》ューマン・リ《R》サーチ・フ《F》ァシリティは、放射能検知機、ガス測定機、超音波画像診断システムなど生命科学装置に電力を供給する——NASA長官がそう説明しているあいだに、チップが電源スイッチを操作した。

「起動するのを待つあいだに、ちょっと確認したいことがあります」アンニは天井近くに漂っていき、そこに設置されたカメラに手を伸ばした。「手動で切られたみたいですね」アンニが報告した。

つまり故障などではなく、誰かが意図的に電源を落としたのだ。アンニはカメラの電源を入れ直す。これまで描かれていたストーリーは、私たちの目の前で次々と覆されていく。嘘《うそ》、嘘、そして嘘。

「どこが船体に損傷が生じた、だ」大統領が険しい声でつぶやく。アンニが実験エリアに複数設置されているほかのカメラもオンにした。

一つ、また一つとカメラが起動する。レンズに乾いた血が点々とついているものもあった。次は無線通信システムだ。まもなく軌道モジュールのカメラシステムとシチュエーション・ルームが結ばれ、データウォールに表示される映像が増えた。また一つ、臓器がカメラの前を横切っていく。肝臓だ。バイオプリンターの陰に隠れていたものが出てきたらしい。アンニはフットループを使って姿勢を安定させてから緊急医療用具の保管庫を開け、手持ちのワイヤレス超音波装置を取り出した。

「チップ、アンニ、これからやってもらいたいことを説明するわね。まずメディカルバッグとサージカルパックを取り出して」私は二人に手順を指示する。「あらかじめ謝らせて。これからやってもらうのは、決して気持ちのよい作業ではないの」

実際にはそんな生易しいものではない。私は体温計を探してほしいと二人に伝えた。二人がメディカルバッグから探し出したのは赤外線体温計で、それしかないという。熱を測るのには便利だが、検死の用途に向いているとは言いがたい。

「最初に周辺温度を測って」私は軌道モジュールの室温センサーの数値は確かめずに言った。「計測できるものは、できるだけ私たちの手で計測したいの」

「室温は摂氏二十・五度です」アンニが報告する。

遺体の深部体温は赤外線体温計では測れない。計測できるなら、アンニが遺体の額に赤外線を当てて計測した体温とは違う数値が出るだろう。

「男性は摂氏二十七度。女性は二十五度です」ロシア人女性乗員のほうが体温降下のスピードが速いのは、体が小さいせいだ。

「それで具体的には何がわかるのかしら」副大統領が私を見る。

「死後少なくとも八時間から十時間ほど経過しているとわかります。おおよその推測でしかありませんが」私は答えた。

「船外活動に出たとされる時刻とだいたい一致しますね」ベントンが言う。「録画を確認できないから、実際の時刻は確かめようがないが」

「予定表によれば昨日午後十一時半だ」NASA長官が言った。「いまから十二時間と少し前か」

「死亡時刻は精密科学ではありませんし、無重力では異なる所見が出る項目もあると思います」私は説明した。「でも、体温の降下の度合いと、死後硬直が完成している事実から判断するに、二人が死亡したのは八時間から十時間前と言ってよいかと」

次に私は背板のようなものがないかとアンニとチップに尋ねた。まもなく二人はファイバーグラスの折りたたみテーブルがロッカーにあるのを見つけた。それを取り出し、金属の脚を開いて、金属の床板に設けられた差し込み口に挿入して固定した。

「何をするつもりかね」テーブルの真向かいに座ったガナー大将が私の視線を捉えた。ほかの面々はデータウォール上で繰り広げられているドラマに釘付けになっている。

「可能であれば、二人の体に当たった物体の正体を確認する必要があります」私は答えた。「帰還させて正式な解剖を行うのは無理ですし、この状況では軌道上で行うのも不可能です。即席でやるしかありません」

遺体をうつ伏せにし、ストラップでテーブルに固定しなくてはならない。男性乗員から始めようと私はチップとアンニを促す。

「軌道上の私の手になってもらいたいの」私は二人に言う。「何度も繰り返すけれど、切り傷を負わないように用心してね。遺体の内部にとどまっている飛来物はおそらく粉砕されているだろうし、鋭く尖っていることもありそう」それ以上の不安要素を数え上げる必要はない。

宇宙飛行士二名に襲いかかった物体が何なのかわからない。馴染《なじ》みのある物体であると想定することもできない。率直なところを言えば、何が本当かわからないのだ。

遺体の内部から何が見つかるかまったく予想ができないし、危険な物体かもしれない。たとえば放射性を帯びているとか、地球上には存在しない物質で汚染されているとか、そういう可能性もあるのだ。

ベルクロテープが剝がされる音が聞こえた。固くなった男性の遺体は、まるで言うことを聞こうとしない。自分を救おうとしている人々を拒むかのようだ。腕や脚は曲がったままだが、どうにかこうにかうつ伏せの状態でテーブルにくくりつけられた。

私はアンニとチップに、まず下着の右太もも部分を切り開くよう指示した。

正式名称を液体冷却式通気服というその下着には、全長百メートル近いビニールチューブが編みこまれていて、そこをおよそ四リットル分の冷却水が循環している、とNASA長官がシチュエーション・ルームのメンバーに向かって説明した。しかし今回はチューブに穴が開き、冷却水はとうに蒸発してしまっている。

「飛来物のいくつかを体内から取り出しましょう。小さく砕けているかもしれないけれど」私は指示を続けた。「メス、ピンセット、タオルを用意してください。滅菌済みのビニール袋か、その類のものも。あとで地上のラボで検査できるよう、二人に襲いかかった物体を取り出したいの」

紐《ひも》でつながれたはさみを使い、チップが冷却下着を切り開いた。男性の肌から白いコットン地が浮き上がり、乾いた血の細片がまた霧のように舞い上がった。

「次に進む前に、超音波を試してみましょうか」私は続けた。「それが次の作業の道しるべになって、闇雲に探し回らずにすむから。男性を先に。次に女性を」私はそう説明した。アンニが医療用具の保管庫のほうに漂っていく。

「探触子《プローブ》はどれを使います？」アンニが訊く。

「周波数が六から十五メガヘルツの、平らなもの」私は答えた。

小型のテーブルを近くに引き寄せ、チップが手術用具をそこに並べた。勝手に漂っていって人や物品を傷つけたりしないよう、一つひとつベルクロテープで固定する。

「準備できました」アンニがプローブをかまえた。

エコー用ジェルをプラスチックのボトルから絞り、男性の太ももの露《あらわ》になった傷の周囲に塗り広げた。ワイヤレス接続されたノートパソコンに表示された超音波画像はぼやけているが、それでも私にはだいたいの見当がついた。冷却下着をもう少し大きく切り開くよう二人に頼む。すべての傷を超音波で調べてもらうと、似たような画像が確認できた。

飛来物は宇宙服を貫通して体に入った直後に砕け、散弾状の小さなかけらに分かれた。そのいずれも胸腔《きょうくう》や臓器を貫通していない。太ももの射創管は深さ二十センチに達している。かけらは角度六十度で下に向かって進んでいた。

「画像を見るかぎり、大腿深静脈《だいたい》に傷がついたようです」私は全員に向けて説明した。「手当てしないまま放置すると、致命傷になりかねない。ただし即死することはありません。動脈ではなくて静脈だし、傷ついただけで切断はされていないからです。要するに、短時間のうちに失血死したとは考えられない。そこそこ長時間、生存していた可能性があります」

右肩と右腕の傷の程度にもよるが、この傷一つだけでもやがては死亡したはずだ。ただ、しばらくは時間がかかっただろう。もう一人も超音波検査してみる必要がある。といっても、簡単にはいかない。テーブルが一つしかないからだ。そこで私は唯一の妥協案を提示した。チップに女性の遺体をしっかり抱きかかえてほしいと指示した。

フットループに足を入れて自分が漂っていかないようにしたあと、チップはタイベック素材に包まれた両腕で女性の遺体を抱きかかえた。アンニが冷却下着を切り開く。私は右上半身に二つある傷を超音波検査するようアンニに指示した。女性の遺体はボクサーのようなポーズで硬直しており、なかなか骨の折れる作業だった。コットン地を切り開き、ジェルを塗り広げ、プローブを傷に当てる。データウォールにぼんやりとした画像が表示された。男性のときと似たものが見えた。飛来物は体内に入ってすぐに砕けている。そして彼女の場合は肋骨《ろっこつ》にぶつかって、心臓や肺など生命維持に必要な臓器のすぐ手前で止まっていた。

「この画像から推測するに、右の腋窩《えきか》静脈が部分的に切断されています」私は言った。「超音波画像に映っているかけらの一つの位置からそう判断できそうです。手当てをせずにいれば、致命傷になりえます」

あとで女性もテーブルに固定して詳しく調べるとして、その前に男性の検死を終わらせたほうがいい。私はアンニにメスを持ってもらい、チップにはタオルを用意してそばで漂っていてもらった。

「思っている以上にゆっくりとメスを動かすこと。刃が何かにぶつかる感触があったら、教えてください」私はデータウォールでアンニの手もとを見守る。

「ここまでは何にもぶつかっていません」アンニは慎重にメスを入れて切った。血液がにじみ出た。空気に触れて鮮やかな赤い色を帯びる。重力がない環境での血の振る舞いは、奇妙だった。

ある程度の量がたまると、死んだ男性の皮膚の上を這うように移動する。それから小さな球体に分かれて空中を漂い、どこかにぶつかるとぴしゃんと弾《はじ》ける。壁、天井、機器。アンニの透明プラスチックのシールド。アンニはタオルでそれを拭った。

宇宙飛行士二名が死亡したときの状況が私にはおおよそ理解できた。

二人の傷から流れた血液は、乾く前に空中を浮遊してそこらじゅうに広がった。ジャレッド・ホートンも全身に、着衣に、頭髪にその血を浴びたはずだ。軌道モジュールの開けたスペースの隅々まで血が充満したのだから。乗員用〝宇宙風呂〟である衛生スペースも例外ではない。

湯で流すくらいしか洗う手段がないが、その湯も、血液をはじめあらゆる液体と同じように空中を漂ってしまう。ホートンが肌をきれいに拭ったとたん、また新しい血が張りついたことだろう。血はファンの風向きに従って広がり、冷たい空気に触れて乾燥した。

被害者の心臓が動き続けているあいだ、延々とそれが続いたはずだ。空気循環濾過《ろか》システムが浄化の役に立ったかもしれないが、液体が凝固し、やがて乾いてしまえばそれまでだ。乾いた液体はこしょうほどの細かな粉になり、あらゆる隙間に入りこむ。

負傷した乗員二名は、私たちとしては考えたくもないほど長時間、生存していたのかもしれない。ひょっとしたら数時間もかけて衰弱していった。意識を失うまでのあいだは恐怖と苦痛を感じ続けただろう。ホートンがソユーズを使って逃走する算段をしている横で、二人はまだ生きていたのかもしれない。そしてホートンは、何をどうやっても血を洗い流せなかった。

血は、彼の髪や皮膚、そのとき着ていたものを濡らし続け、そのまま彼と一緒に運ばれた。彼のその状況はシェイクスピア劇にありそうだ。エドガー・アラン・ポーの小説にありそう、いや、それよりも聖書に出てきそうか。表向きはトール研究所の研究員だが、その実スパイだった男の両手は、文字どおり、死んだ同僚の血で汚れていたのだから。

ホートンは二人のDNAを地球に持ち帰った。ロシアとの交渉の材料になるのかどうかはわからないが、と私はシチュエーション・ルームの一同に告げた。

「私物や帰還モジュール内に血の微粒子が大量に付着しているはずです」私はデータウォールに映る、救援に駆けつけた二人の宇宙飛行士の作業を見守りながら言った。

「どんな様子？」二人に尋ねる。

「メスはこれ以上奥には届きません。ハンドルの真ん中あたりまで入っています」フットループで体を固定したアンニが言った。「深さ十センチくらいのところです。ただ、何かの手応えがあるような気がします」

「ピンセットに持ち替えましょうか。うまくいけば、もっと奥まで届く長さのピンセットがあるんじゃないかと思うわ」私は答えた。「あなたにせよチップにせよ、指を突っこんだりしてもらいたくない。手袋をしているとはいえ、指を切ってしまうかもしれないから」

かけらの縁《へり》が鋭く尖っているかもしれないし、化学組成もわからない。私は二人に何度もそう指摘する。二人が負傷する事態は絶対に避けたい。人体に有害な未知の物質に暴露させたくもない。私たちが相手にしているものが、スペースデブリや、地球外から来た乗り物や武器である可能性はわずかとはいえ、ゼロではないのだから。

24

「よし、うまくつまめました」アンニはプラスチックのピンセットをゆっくりと引き抜いた。先端に、縁がぎざぎざした銅の破片がはさまれ、ローズゴールドのようにまばゆく輝いている。

破片には船外活動用宇宙服（ＥＭＵ）と冷却下着の繊維が付着していた。アンニはピンセットをさらに奥深くまで差し入れた。保存しておいた超音波画像を頼りに探ると、追加で銅の破片と繊維をいくつか回収できた。ひしゃげた鉛の小片もある。回収したものを滅菌済みのビニール袋に収めたあと、アンニはまたピンセットで探った。

「これ、何だろう。ほかのものより大きいです」アンニはそう言ってピンセットを引き抜いた。

先端にしっかりとはさまれていたのは、血にまみれた小さな銀色の球体だった。やや変形している。アンニは二重に手袋をはめた掌《てのひら》に球体を載せ、カメラに向けて見せながら、タオルで血を拭った。球の大きさはエンドウ豆くらいだ。

「何なのかわかりませんね」チップが言った。

シチュエーション・ルームのメンバーにもわかる人はいなかった。が、私はその正体をほぼ確信していた。

「空洞で、プラスチックに似た素材でできている？」怒りは沸点に達しかけていたが、一方で気持ちはどん底まで落ちていた。

「そのとおりです」アンニが答える。ゆうべ船外活動が予定されていた時間帯に何が起きたか、これでだいたいの見当がついた。

その推測の裏づけが取れるまでは何も話すつもりはない。それにしても、なんと卑劣な事件だろう。いま頭のなかでジャレッド・ホートンに投げつけている悪罵が誰かに聞こえてしまったら、私はジャネットの罰金箱に大いに貢献することになりそうだ。内心の感情を顔に出さないように注意しながら、私はついさっきEMUを調べたときの印象をチップに尋ねた。

「エアロックでEMUを調べてもらったとき、EMUと一緒に船内に持ちこまれたにおいはしていた？」私はデータウォール越しにチップに言った。

「いいえ」チップが答える。マスクとフェースシールドを着けているから、においがしていたとしてもおそらくわからない。「ただ、あのときはにおいを意識していなかったので。EMUに鼻を近づけてみたりなどはしませんでした」

「もしできたら、いまからでもお願いしたいんだけれど」私はどうかエアロック内の空気を思いきり吸いこんだりはしないでと念を押した。

とはいえ、まだ十二時間しか経過していない。EMUの表面についたにおいは、いまも感じ取れるかもしれない。

「船外活動の予定時刻からはざっと十二時間しかたっていない」私は説明する。二人は私の意図をちゃんと察している。「大事なことでなければお願いしない」私はそう付け加えた。本心を言えば、二人をこれ以上、軌道モジュールに引き止めたくないし、これ以上の負担も負わせたくない。

しかし独特のにおいがEMUにかすかにでも残っているなら、いまのうちに確かめておきたい。もしにおいがまだついたままだとしても、そう長くはもたないだろう。ホートンの置き土産たる血の惨事の後始末のために次のクルーが到着するころには、においはまず間違いなく消えている。

「了解。いまから行ってみます」チップが言い、私たちはカメラ越しに彼と一緒にエアロックに戻る。

関節部分で分解されて中に浮いているEMUのそばに来ると、チップはグローブをつかんだ。フェースシールドを上げ、マスクを下ろし、白い難燃性素材を鼻に近づけた。すぐにまたフェースシールドとマスクを手早く戻し、カメラを見上げて、においはしないと首を振った。

においは残っていない。チップは水中を行くうなぎのように空中を移動して実験エリアに戻った。

「つまり、どういうこと？」副大統領が私に尋ねた。

「おそらくスペースデブリにぶつかられたのではないということです。それから、実際には船外活動は行われていません」それが私の答えだ。「二人はエアロックから外には出ていないんです。エアロック内で身支度をしているあいだに致命傷を負いました」

「それは確かかね」ガナー大将が訊く。

「ラボで証拠を分析するまで断定はできません」私は答えた。

「分析できるのはかなり先になる」NASA長官が言う。

被害者の遺体から回収した破片が地球に届くのは、ISSのクルーが次に帰還するタイミングになる。直近では十二月末に帰還が予定されているが、のんびり待ってはいられない。

「その前にやれるだけのことをやってみます」私は答えた。アンニとチップは死者と格闘を始めていた。

遺体収容袋を広げ、女性の遺体をどうにか入れようとしている。そうでなくても厄介な作業なのに、極微重力が邪魔をして、ますます難しい。生者と死者が追いかけっこをし、互いから逃げ、互いにぶつかり、壁や床、天井に衝突を繰り返す。

グロテスクなダンスだ。それがようやく終わったあと、前例のない、そして避けられない儀式が待っていた。できることならシチュエーション・ルームの全員が目をそむけたい儀式。実験プラットフォームのロボットアームが予定外の忌むべき任務をこなし、袋に収められた遺体は、誰もが無言で見守るなか、ポートから真空空間に投棄された。

二人はほかのデブリと同じように軌道上を周回し続けることになる。いつか重力に引き寄せられ、大気圏に突入して燃え尽きるだろう。一方で、永久に軌道上にとどまる可能性もある。おぞましいことに思えるかもしれないが、これ以上によい方法はない。少なくともいまこの状況では、そうするしかない。宇宙は非情なのだ。

この事件はどう報道されるだろうか。いまから心配だ。宇宙飛行士二名が殺害されたと知って、市民はどう反応するだろう。袋に収められた繭のような遺体を天文学者が軌道上に発見したら、呼び名がつけられ、人工衛星マップに記載されることになるのだろうか。ああ、考えたくもない。

任務を終えたアンニとチップは手袋をはずした。タイベックのカバーオールを脱ぎ、証拠物件を入れたビニール袋とメディカルバッグをまとめ、出発の準備を整えた。ドリームチェイサーに戻る前に、ファン、集塵《しゅうじん》ホース、静電フィルターを総動員して、体についた有害な粒子を取り除く。

体や着衣や持ち物に付着した粒子は、残らず吸い取ったり吹き飛ばしたりしておかなくてはならない。まずはドリームチェイサーに、最終的にはISSに持ちこまれるのを防ぐためだ。月に行った宇宙飛行士も、居住モジュールや月着陸船に戻る前に月の塵を完全に取り除いた。二人がまったく同じようにするのを、私たちはシチュエーション・ルームから見守った。

前後に並んでドリームチェイサーのハッチをすり抜け、ハッチを閉めるフランス人とアメリカ人の宇宙飛行士は、スーパーヒーローのようだ。コクピットに戻った二人は、船内与圧服を着てシートに座り、シートベルトを締めた。私はもう一度二人にお礼を伝えた。

「負担の重い任務だったでしょう」私はデータウォールに映った二人に言った。「無事にやり遂げられたのは、お二人のおかげです」私は心の底からそう付け加えた。大統領がテーブルから立ち上がった。

「真の勇気を見せてもらいました」大統領は二人に向かって言った。ほかのメンバーは書類をそろえて帰り支度を始めた。「きわめて悲劇的な試練でした。我々一同、心から感謝します」

「ありがとう、チップ、アンニ。どうか気をつけて」副大統領が椅子を後ろに押しやる。「安全な旅を」

午後四時、霧雨《きりさめ》は上がっていた。垂れこめていた雲も晴れていこうとしている。私はベントンが運転する電気自動車の静かな車中に座っている。

ポトマック川にかかる全長八百メートルほどのジョージ・メイソン記念橋のなかほどで、渋滞につかまってしまった。南行きの四車線はさながら駐車場だ。太陽は溶岩のようにくすぶり、地平線をまばゆいオレンジとピンクに染めている。のんびりと流れる川面《かわも》に薄れゆく光がちらちらと瞬《また》いていた。

せめてもの救いは、美しい景色を望めることか。これほど印象的な夕焼けは記憶にない。一方で、重圧が時間とともに高まって、私はまるでオーバーヒートしかけたエンジンだ。早く着替えをしたい。みなが今日の仕事を終えて帰宅してしまう前に、分析の進み具合をラボに確認しておきたい。仕事量にとても追いつけそうにない。この職業に就いたときからずっとそうだ。

今日、どんな案件が新たに増えたか、それさえ把握していない。おそらくニュースで大きく取り上げられるような事件は起きていない。もし起きていれば、誰かが知らせてくれているはずだと思いたい。少なくともマリーノは何か言ってきているだろう。朝から晩まで警察無線に耳を澄ましていて、大きな騒ぎがあれば、たいがい私より先に知っているのだから。

「テレビ局の報道ヘリだ」ベントンが空を見上げる。二、三機がかなたの上空をホバリングしている。迫る夕闇をヘリのまばゆいライトが切り裂いていた。「ペンタゴンシティで何かあったようだね」

ダッシュボードの統合ナビゲーションディスプレイによれば、この先で警察活動が行われている。いまここでわかるのはそれだけだ。車が動き出すのを待つあいだ、私たちはメッセージやメールを忙しくやりとりする。私はいまの状況をルーシーやマギー、マリーノらに送った。ワシントンDCに行った目的はあいかわらず伏せたまま、二十分ほど前に車で帰路についたことを知らせる。

橋で大渋滞にはまっていることだけを伝えた。それでどの橋のことかわかるはずだ。この時間帯にポトマック川を渡るのにどれほど時間がかかるか、三人ともよく知っている。黒い緞帳《どんちょう》が下りるように急速に暗くなっていく空に目をこらす。川を渡った先の上空でホバリングしているヘリコプターは、四機に増えていた。

警察なら何が起きているか把握しているだろう。マリーノとルーシーにまたメッセージを送り、何か知っているかと尋ねた。返事を待つあいだに、薬毒物ラボ、微細証拠ラボ、銃器ラボ、工具痕ラボに連絡した。今日のうちに話をしておきたい技官は大勢いる。その全員が勤務時間終了後にも問い合わせに答えてくれるわけではない。

「退勤した瞬間、電話に出てくれなくなる人ばかり。困ったものよね」私はこれまでにも何度も言ったとおりのことをまたベントンに言った。ストレスと不安を感じていた。「私用の携帯電話番号を教えてもらっていてもそうなのよ。しかも大半はまだ番号を教えてもらっていない。犯罪は〝九時五時〟で起きるわけではないのに」

「それぞれに私生活がある」ベントンが言った。

「もちろんそうよね、ベントン。だけど、研究者や医師のなかには、その日の仕事を終えてオフィスを出た瞬間、そこからの時間はすべて自分の時間っていう人がいるの。昔はそうじゃなかったのに」

「〝昔はこうだったなんて、嘆いてもしかたがない〟とニール・ダイアモンドも歌っている」私のシークレットサービス捜査官の夫は調子はずれに歌ってみせた。私を笑わせようとしている。

「私が職員から日々あんな扱いを受けるのは、エルヴィン・レディのせいよ。でも、不平を並べていても何の解決にもならないわね」私は、清潔そのもののベントンの車にフライドチキンのにおいが充満していなければいいのにと思いながら言った。

空になったスタイロフォームの容器は、青い大統領紋章がでかでかとプリントされた白いビニール袋に入っている。テイクアウトごみを記念品として取っておくつもりはない。袋は私の足もとの床に置いてある。ホワイトハウスの敷地《しきち》内で捨てられるところがなかったからだ。警備上の理由から、公の場にごみ容器はほとんど設置されていない。それに、捨ててもらえないかとトロンに渡すのは気が引けた。

何と言っても、特別に確保したスペースにもうしばらく車を駐めていられるよう取り計らってくれたあとなのだから。腹ぺこだった私たちは、そこで遅いランチを猛然と詰めこんだ。食堂《メス・ホール》名物のフライドチキンのランチには、ビスケットとクリーミーなコールスローがついていて、それが絶妙においしかった。満腹になり、喉の渇きも止まったが、シチュエーション・ルームでの長時間のミーティングの疲れから、軽い頭痛が残っていた。

で、大統領執務室《オーバル・オフィス》に呼ばれ、インターポールから持ち帰った毒入りワインの件で、大統領と副大統領から質問攻めに遭った。飲食物に毒物を混入するような事件は場所を選ばない。ホワイトハウスも例外ではないし、宮廷や法執行機関の本部、政府高官の公邸なども同じだ。

ゲストはかならず贈り物を持って訪れる。それをいっさい受け取らないほうが賢明なようにも思える。しかし、誰だって食べるもの、飲むものをどこかから調達しなくてはならない。すべてを突き返すのは現実的ではない。ただ、いまの時代は心配しなくてはならないことがあまりにも多すぎる。大統領はそう言った。私たちは金と青で統一された楕円形《オーバル》をした執務室の来客用の椅子に座っていた。

私たちが知るかぎり宇宙で起きた初めての殺人事件、軌道モジュールで宇宙飛行士二人が殺害された件についても、追加の質問をいくつか受けた。ベントンには、ジャレッド・ホートンはグウェン・ヘイニーの殺害にも関与していたのかという直球の質問が向けられた。オーバル・オフィスの閉ざされた空間で、ベントンは、ＦＢＩや国土安全保障省の長官がすでに表明した見解を真っ向から否定した。

グウェンの死はホートンに何のメリットももたらさないと、ベントンは理路整然と説明した。世の中を大きく騒がせてしまっているのだからなおさらだ。ホートンとしては、世間の注目ほど厄介なものはなかったはずだ。きっと事件を知って動転し、グウェンの殺害という予期せぬできごとをどう利用するか、大急ぎで計算を働かせたことだろう。

一つの悪辣な行いが次の悪辣な行いを呼び、ホートンは、無防備な同僚乗員二名に気づかれないようカメラと通信機器を使用不能にした。そのあと、予定の船外活動が行われることはないと知っていて、二人が宇宙服を着るのを手伝った。そう考えると、激しい怒りが沸き立つ。

「ホートンが何より恐怖に感じたのは、グウェン殺害事件の捜査を通じてスパイとしての自分の秘密の生活が暴かれることでした」ベントンは大統領と副大統領、そして閉ざされたドアの内側に集まった人々に向けて言った。「彼は自由落下を開始したわけです。といっても命綱つきの。パニックを起こしながらも、冷静さを保っていた」

ジャレッド・ホートンは同僚乗員をすぐさま排除した。二人を射殺したのだろうと私は確信している。低地球軌道で発生した奇妙な事故あるいは攻撃と言い張ればそれで通るだろうと考え、ついでに軌道モジュールから盗めるものを手当たりしだい盗んでから、カザフスタンに逃走した。ベントンと私はいま車のなかでその話をしている。話しながら、私は川の向こう側のかなたに横たわる街の光を見つめている。

グウェンの遺体が発見された線路沿いの一角は、このすぐ先、空港の近くだ。雨降りの暗闇のなか、あられもないポーズで遺棄された彼女の傍らにかがみこんだとき、発着するジェット機のうなりが休みなく聞こえていたのを覚えている。音だけは聞こえたが、飛行機のランプは厚い雲に隠されて見えなかった。

「ホートンは、前々から想定外の事態に備えていたのではないかと思う」ベントンが言う。「だから、スパイ活動が発覚する不安にとらわれた瞬間、冷酷に同僚たちを殺害した。そのあと、船外活動中にスペースデブリが衝突したものの、二人はかろうじてエアロックまで戻ってきたというストーリーをでっち上げた。いまの私たちは、そのようなことはいっさい起きていないと知っている」

船外活動は行われなかった。宇宙空間に出たなら残っていたはずのにおいにチップが気づかなかったのは、だからだ。宇宙空間のにおいは、宇宙服についてしばらくは消えない。どんなにおいなのかは、宇宙飛行士によって感じ方が違う。熱せられた金属のにおいと言う人もいる。オゾンのにおい、何か電気的なにおいと言う人もいる。

25

「このあとどうなるの？」私は訊く。あいかわらずポトマック川を渡る橋の真ん中で身動きが取れずにいた。雲の隙間から細い月が見え隠れしていた。「このままおとがめなし？　クレムリンの後ろ盾を得て、安穏と暮らすの？　考えただけでいやになる。悪党ばかりが勝つのにはもううんざり」

「アメリカとロシアは宇宙開発において協力関係にある。独自開発技術の権利は守られなくてはならないが、それでもやはり良好な関係を維持していかなくてはならない」ベントンは言った。「これは私の推測だが、クレムリンはおそらく、ホートンの行為にロシアはいっさい関与していないと主張して、彼を引き渡すのではないかな」

「ならいいわ。彼が罰を逃れるなんて許せないもの」私は言った。暗闇に浮かぶヘッドライトやテールライトがまぶしい。ルーシーから携帯電話にメッセージが届いた。

〈すごい偶然（違う）〉

ルーシーが送ってきたファイルをクリックした。車の流れが完全に止まっている理由、テレビ局のヘリコプターが上空に集まっている理由がそれでわかった。ペンタゴンシティのすぐ南側に広がる高級住宅地オーロラハイランズで、警察による容疑者虐待に抗議する市民グループのデモが行われているのだ。

「いまの時点で二百人くらいは集まっていそう」私はベントンに伝える。「今日の未明に、デイナ・ディレッティの自宅に何者かが押し入ろうとした事件と関係があるみたいよ」私はニュース速報をさらにスクロールした。頭のなかで〝タイミング〟という言葉がさかんに点滅している。

ルーシーの言うとおりだ。偶然にしてはできすぎている。〝鉄道殺人鬼《レールウエイ・スレイヤー》〟が話題になるなか、その事件を取材している有名テレビレポーターの自宅に何者かが侵入を試みるなんて、あまりにもタイミングがよすぎる。グウェン・ヘイニーが惨殺された事件を現場から報じたレポーター自身が、当のサイコキラーに狙われるなんて。

「要するにデイナはそうほのめかしているのよね」私はベントンに言う。

「ああ、そのように聞こえるね」ベントンがうなずく。ああ、よかった、前の車が動き始めた。「だからといって、侵入未遂事件など実際は起きていないということにはならないが」

「どうやら彼女の住まいはオーロラハイランズにあるみたい」私はインターネット上のニュース記事を読み進める。「今日の未明、午前二時ごろ、防犯アラームが鳴った

「とある」

「私に一報が入ってから、すでに十四時間以上たっている」ベントンが言う。「なぜいまになってこんな騒ぎに？　ほかに何かあったのかな」

「ちょうどいま、デイナが自宅の前庭で記者会見を開いているみたい。デモ行進はそれに合わせて組織されたのね」私は記事にあることをそのままベントンに伝える。意図された演出と思《おぼ》しき状況、通勤ラッシュの混雑にさらに輪をかけるような騒ぎに対処すべく、警察官が総動員されている。私には計画されたものとしか思えない。私はベントンにそう話す。車は歩くような速度で橋を渡っている。私はニュース速報に次々目を走らせる。

「会見の要旨としては、警察は彼女を不当に扱ったという告発ね」私は続ける。「彼女が標的にされたのは、事実を正確に伝え、警察をはじめ権力者側を批判する勇気を持ったジャーナリストだから」

私は会見の内容をベントンにも聞かせようと、ライブ配信の動画を再生した。

「……ようやく警察が来ました」デイナ・ディレッティは、ここからそう遠くない地区にある自宅の前で、テレビ局の強烈なライトを浴びている。「制服警官が二人来ましたが、私だとわかってもうれしそうな態度は取りませんでした。私が出演しているニュース番組など、自分たちは見ないと言いたげでした」

ジーンズにレインコートという出《い》で立《た》ちで、化粧はほとんどしていない。並はずれて背が高く美しいそのへんの一般人といった印象で、有名なジャーナリストのイメージとはかけ離れていた。撮影クルーに囲まれたデイナは、自分の体験をドラマチックに語っている。そのすぐ横に暴動鎮圧用装備で身を固めた警察官数十名が集まり、しだいに人数が増えていくデモ隊に油断なく目を光らせている。集まった人々は拳を突き上げたり、旗やプラカードを掲げたりしていた。

「……真剣に受け止めてもらえるまで、何が起きたか、時間をかけて何度も説明しなくてはなりませんでした」デイナはカメラをまっすぐに見つめ、重苦しい調子でそう訴える。「それまでは、私に何か恐ろしいことが起きようと自分たちには関係ない、私はこの高級住宅街で暮らすのにふさわしい人間ではないとでも言いたげな態度でした」

デイナは警察批判を続けた。鑑識チームを派遣して検証してほしいという要請を拒絶された。通報に対応した制服警官は指紋やDNAの採取、現場の写真撮影の必要性を認めなかった。侵入者がいないことを確認するために——と二人は説明した——家の中を捜索しただけで引き上げていった。

「しかし、実際にその二人が捜したのは、侵入者ではありませんでした」デイナは芝居がかった調子でそう断言した。「手袋をはめた手で、私のクローゼットや抽斗《ひきだし》、戸棚などを物色しただけでした。何者かが寝室の窓をこじ開けようとした件とはまったく関係のない場所ばかりです。私は防犯アラームが鳴ってくれたおかげで助かったにすぎません。そのとき私は真っ暗な寝室のベッドで熟睡していました」

二人は令状なしに自宅を捜索したとデイナは警察をあからさまに非難した。こちらは被害者なのに、容疑者扱いされた。彼らは低俗な好奇心から、ゴシップの種を探して家のなかを見て回ったにすぎない。ドラッグや不法所持の銃器などが見つかればなおいいと思っていただろう。それもこれもデイナの評判を落として社会から葬るためだ。そうデイナは断言した。

「五時間後、市長に電話して苦情を申し立てると」デイナは続けた。「やっと鑑識チームが派遣されてきました」

デイナは、クリスマスの飾りつけがされた古びた煉瓦《れんが》造りの美しい自宅を振り返った。広大な敷地には広葉樹やモミの老木が生い茂っている。

「ところが、鑑識チームは窓を枠ごと取り外して持ち帰ったんです。おかげで私は自宅にいられなくなりました……」

さあどうぞ侵入してくださいと誘うようなもの、浮き出し印刷の招待状を送るのに等しいとデイナは言う。が、デイナ自身が生放送で、泥棒さんいらっしゃいと言っているようなものではないか。というのも、次に映し出されたのは、大きなベニヤ板でふさがれた家の裏手の窓だったからだ。たしかに、あれではいかにも不用心だ。デイナが自宅にいて安心できないと言うのは当然だろう。私なら、しばらくはどこか別の場所で寝泊まりするか、あの家にとどまるなら、誰かに来て泊まってもらうだろう。ただし私なら、偶然のタイミングとは思えない抗議のデモ行進がすぐ近所で行われているさなかにわざわざ会見を開いて、自分の状況を大々的に知らせたりはしない。

「こんなこと、やめておけばいいのに。無謀としか言いようがない」私はライブ配信が延々と続いている携帯電話の画面を見ながら言った。「まあ、窓の件は同情するしかない。でもあいにく、物証をきちんと検査してもらうのと、自分の都合や快適さとは両立しないのよ」

テレビのレポーターとしてたくさんの事件を取材してきているのだ。デイナだってそれは知っているだろう。私は思ったとおりのことをベントンに話す。そのあいだもデイナはカメラに向かって会見を続けている。

「……つまり、連続殺人鬼が舞い戻ってきて、持参したハンマーで釘を抜いて侵入するかもしれないということで……」

デイナを黙らせるため、あるいは殺すために舞い戻ってくる。デイナは確信に満ちた口調でそう訴え続け、私はついに聞いていられなくなった。

「まるで犯人を焚《た》きつけているも同然よね」私は動画の再生を停止した。「それにこう言ってはなんだけれど、あらゆる話題を強引に自分に引き寄せようとしているみたい」

「いまはそんな場合ではないだろうに」ベントンがうなずく。

デイナ・ディレッティの自宅とその周辺の騒ぎを避け、ジョージ・ワシントン記念パークウェイを川沿いに走った。

空港のすぐ南側、デンジャーフィールド・アイランドの近くまで来たところで、私はマギーにメッセージを送り、キャミー・ラマダ事件の資料をメールで送ってほしいと頼んだ。それから同じ資料のコピーをデスクにも用意しておいてもらいたいと。

〈どうして？　何か進展でもあったんですか〉私のアシスタントはあきれた質問を返してきた。

〈いいからお願いします〉私はそう返信し、私が戻るまで退勤せずに待っていてもらえるとありがたいと付け加えた。それはお願いではなく命令だ。

「あとどのくらい？」私はベントンに訊いた。

「順調なら十分」

立場をわきまえないアシスタントにその情報を伝えた。そこに主任薬毒物鑑定官のレックス・ボネッタから返信のメッセージがあった。私は電話をかけた。レックスはさっそく報告を始めた。私を含め大勢の命を奪っていたかもしれないオピオイド系薬物と思われる物質はまだ特定できていないという。思いつくかぎりの薬物のスクリーニング検査を試みたが、結果はすべて陰性だった。

「もどかしいのなんのって」レックスはスピーカー越しに言った。「楽観はできそうにありませんよ、ケイ。何の手がかりもない状態では。スクリーニング検査をするにもきりがない。検査プロトコルがまだ確立してない新種の薬物だったりしたら——そうではないかと私はにらんでいますが。判明するのはいつになるかわかりません」

合成オピオイドのリストは、それこそ円周率のように、あるいは化学者の無限の想像力のように、終わりがない。たった一つの分子が組み替えられるだけで、フェンタニルはフェンタニルではなくなる。カルフェンタニル、メタドンなど、鎮痛を目的に創り出されたあらゆる薬物も同様だ。

「水素の分子を一つ削る、あるいは付け加える。炭素でも窒素でもいい」レックスが言う。「安く手に入るわりに強力な、たとえば脱法ベンゾジアゼピンみたいなもの。スクリーニング検査ではまず引っかかりません」

それでは経験や知識を生かした検査はきわめて困難になる。次々に市場に現れる最新の危険な薬物のしっぽをつかまえるために、行き当たりばったりの検査を繰り返すしかない場合が出てきてしまう。

「この薬物がすでにアメリカに上陸しているんじゃないか、ヴァージニア北部に蔓延《まんえん》し始めているんじゃないかと心配です」レックスが言う。「ワシントンＤＣ一帯にも」

今日、遺体で運びこまれた三人は、いずれもオピオイド系薬物の過剰摂取による死亡と思われるとレックスは言った。これは私には初耳だ。ところが三人ともスクリーニング検査では陰性だった。一人についてはメタドンを検出したという。

「その一人は、ヘロイン依存症治療中で、アレクサンドリア西部のメタドン・クリニック近くの路地で死んでいるのを発見されたんです」レックスは続ける。「局長のワインに混入されていたのと同じ薬物ではないかとにらんでいます。フェンタニルあたりの新たな変種ではないかと。ちなみにフェンタニルのスクリーニング検査では陰性でした」

「それは気がかりな所見ね」私は答える。車は検屍局のある内陸に進行方向を変え、国道一号線を走り始めた。

「局長のボルドーワインに毒物が混入されたのがヨーロッパだったとすると」――スピーカー越しのレックスの声――「同じ薬物がほぼ同時期にヴァージニア州にやってきたことになります」

「そもそもワインに混入されたのはヴァージニアに帰ってからという可能性もある」私は言った。その場合、ではどうやって混入されたのか、私としてはますます不吉に思える。「人の命を奪いかねない新しい脱法ドラッグが」

フルーグ巡査が話していたことを思い返す。先週、別の事件の現場に急行し、過剰摂取した複数の患者の救護で手持ちのナルカンを使い果たしたと言っていた。

「明日、もう一度連絡をください」レックスが言った。

このあと微細証拠ラボに行き、ワインの残留物のサンプルを走査型電子顕微鏡（SEM）でよく観察してみるつもりだから、何か発見があったらすぐに知らせるとレックスは請け合った。私は電話を切った。検屍局の明かりが行く手に見えてきた。私はベントンのほうに顔を向けた。言う前から申し訳ない気持ちだった。

「今夜は帰りが遅くなるかもしれない」ベントンはとうに察していただろうが、私は改めてそう伝えた。「丸一日留守にしていたあいだにいろんなことがあったと思うの。冷凍庫にラザニアと余分のソースがあるから食べていて。サラダの材料もそろっているはず」

「私の心配はいらない」ベントンは私の手を取り、指と指をからませた。「私は私で、ルーシーと話さなくてはならないことが山のようにある。ジャレッド・ホートンの件やら何やらね。ホートンとグウェンが陰で何をしていたかだいたいのところがわかったわけで、いまこそルーシーのデータマイニングが役に立つだろう」

私が帰宅するまでに夜食を何か用意しておくよとベントンは言った。どこまで思いやり深い人なのだろう。

「まずはマギーの報告を聞かないと。不在のあいだに何があったか把握しておかなくちゃ」やらなくてはならないことを数え上げると憂鬱になった。今日は何一つ進まなかった。「それに、マリーノとデンジャーフィールド・アイランドの現場に行って、もう一度よく見てみなくちゃ。グウェン・ヘイニーとキャミー・ラマダの遺体が発見された現場」

「もう真っ暗だろう。明日ではだめなのか」

「犯人の狙いがわからない以上、先延ばしにはできないわ、ベントン。それに、あえて暗い時間帯に行きたいの。そのほうが探しているものが見つかりやすいだろうから」

「私としては、今夜はあまり遅くならないうちに帰ってきてもらいたい。それだけだよ」いかにも過保護な夫といった口調だった。彼は不安を感じているのだ。

「そうできたらいいんだけれど」私は答えた。あと一ブロックで検屍局の駐車場だ。赤くまぶしいテールライトの列がそこまで途切れずに続いている。

「この二十四時間のことを思えば、少し体を休めるべきだと思うんだがね、ケイ」ベントンが言う。少なくともいまの私たちは妥協を知っている。

「ちょっと思いついたことがある」私はブリーフケースから鍵を取り出した。なかの銃を入れる仕切りが空っぽであることを思い出す。

私の夫はホワイトハウスの敷地内に銃を携帯したままで入れるが、私のような人間は当然許されない。いつも持ち歩いているシグ・ザウエルは、トリガーロックをかけてベッドサイドの抽斗にしまってきた。

「取引をしましょう」私は提案した。

デンジャーフィールド・アイランドでマリーノと待ち合わせるとか、そこまで私の車についてきてもらうとかする代わりに、マリーノに検屍局まで迎えに来てもらう。そうベントンに話しながら、その旨のメッセージをマリーノに送る。

「そのあと家まで送ってもらうから。私の車はまた明日取りに行けばいい」長い一日のあとだ。大量の銃を積んだマリーノの大型トラックで送り迎えしてもらうのに抵抗は感じない。

「わかった」ベントンが言った。「それならだいぶ安心だ。この状況で、真夜中に自分で車を運転してうろうろしてもらいたくないからね」

26

車は駐車場のセキュリティゲートの前で停《と》まった。私はシートベルトをはずしてブリーフケースを膝に置いた。

ベントンが運転席側の窓を開け、私に割り当てられた暗証番号をキーパッドに打ちこむ。私はゆうべマリーノの車で行ったコロニアル・ランディングを連想した。テレビ番組『ショック・シアター』の不気味なテーマ曲が耳の奥に蘇《よみがえ》る。州政府機関である検屍局のセキュリティより、コロニアル・ランディングのそれのほうがよほど厳重なのだから、皮肉な話だ。

セキュリティゲートの赤いストライプ柄の木製アームが上がった。徒歩なら隙間をすり抜けて出入りできる。職員が何人か、自分の車に向かって駐車場を横切っていく。背の高い街灯柱が並び、その明かりが闇を押しのけている。ベントンは、ほんの二十四時間前に私が局長専用スペースに駐めたままにした、通勤用のスバル車の隣に車をすべりこませた。

「できるだけ早く帰るから」私はホワイトハウスのテイクアウトごみを持って降り、

車の後部に回った。ベントンがスイッチを操作してテールゲートを開けた。

ゆうべ家に持ち帰った鑑識ケースを取った。車の横を通って建物のほうに向かおうとしたとき、運転席側のウィンドウが下りた。

「気をつけて。いいね？」ベントンが微笑《ほほえ》む。「愛している。そのことを忘れないでくれ」

「そっちこそ」私は応じた。ベントンの車が静かに走り去る。搬出入ベイには排気ガスの強烈なにおいが充満し、ディーゼルエンジンのやかましい音が反響していた。

葬儀社の古びた白いバンが駐まっている。荷台のドアは全開になっていた。洒落《しゃれ》た服装の葬儀社員をファビアンが手伝い、隙あらばあさっての方角に向かおうとするストレッチャーをなだめすかしながら、建物内の受け入れエリアと搬出入ベイを結ぶコンクリートのスロープを下りてくるところだった。腹部がでっぷりと太った遺体を覆う青いベロアのキルトに、葬儀社の名前〈リヴァーズ・レスト〉の縫い取りがあった。

二人は重たい積み荷が逃げ出したり横倒しになったりしないよう慎重に慎重を期していた。葬儀社員は必死の形相でストレッチャーを押さえつけ、ファビアンは小さな声で悪態を連発している。いつもは調査に出るのに適した服を着ているのに、いまは紺色のスクラブ姿で、足もとはゴムサンダルだった。漆黒の長い髪はポニーテールにまとめている。

「この遺体は？」私はそう声をかけながら、テイクアウトごみをくず入れに捨てた。しかしホワイトハウスの紋章にめざとく気づいたファビアンが、もっとよく見ようと近づいてきた。

「へえ」袋の一つを持ち上げる。「すごいところに行ってきたんですね」

その言葉を無視して、私はダークスーツに水玉柄の赤いボウタイという出で立ちの年配男性に自己紹介した。

「新任の局長です」私はそう説明した。そのあいだにも、葬儀社のバンが遠慮なく吐き出す排気ガスが搬出入ベイに充満していく。

「ハウィー・リヴァーズです。どうぞよろしく」男性はいったん足を止めて私に軽く会釈をしたあと、キャスターの一つの滑りが悪いせいでまっすぐ進まないストレッチャーを押していった。

私はエポキシシール仕様のコンクリートブロック壁に設けられた大きな緑色のボタンを押した。がたがたきいきいと大きな音がして、電動シャッターが上がり始めた。冷たい空気が入りこむ。四角く切り取られたような開口部から、車に向かう職員がまた見えた。そろそろマジックアワーだ。職員が次々とロビーから外に出ていく。昔から変わらない光景だ。

研究員や補助職員はみな、遺体安置室や受け入れエリア、搬出入ベイを経由する眺めのよいルートを避けて出入りする。私のリッチモンド時代もそうだった。自分が日々分析している証拠の由来である生々しい物体を目の当たりにしたいと考える人ばかりではないのだ。大半は、聞いたら忘れられなくなるような物語を知らずにすませられるならそれが一番だと思っている。

なかでもDNA分析に携わる研究員は、銃器に血痕が、スキーマスクに皮膚細胞が、ラグに精液が付着している理由を教えてくれとは言わない。恥毛がどこで採取されたのかを訊かない。自分が分析したのが誰のDNAなのか、あるいは誰のものではないのか、大事なのはそれだけだ。だから私は、毎日のようにこう自分に言い聞かせなくてはならない。私にとっては当たり前のことも、ふつうの人の感覚からすれば常軌を逸しているのだと。

「シャッターが閉まっているときは車のエンジンをかけっぱなしにしないほうがいいわ」私はファビアンとハウィーに注意する。「一酸化炭素はあっというまに充満してしまうから」

いまさら二人に注意するようなことではないだろう。人はどんな理由で命を落とすか、二人とも経験からよく知っている。私と同じように間近で見てきているのだから。しかし、一方ではそれこそが問題なのだ。異常なものごとがいつしか日常の一部になる。そして慣れは不注意につながりかねない。

「保冷庫から出すのに、思ったより時間がかかってしまって」ファビアンが弁解するように言う。「決して楽しい時間ではありませんでしたよ」

「体重百五十キロ超ときていて」ハウィーはストレッチャーをバンの荷台のそばで止めた。私は黒い厚手の遺体収容袋のファスナーのつまみに下がったタグを確認した。

ペンで書きこまれた氏名には見覚えがなかった。死亡地として、ここから数キロ西の路地の名がある。さっきの電話でレックス・ボネッタが話していた案件だろう。死亡時刻は今日の昼前、私がシチュエーション・ルームにいたころで、要請に応じて現場に行ったのはファビアンだ。

「検死にも僕が立ち会いました」ファビアンが言い、私は二人がストレッチャーの脚を折りたたむのを手伝った。

遺体をバンの荷台に積みこむ。まもなくバンは排気ガスをげっぷのように吐き出しながら走り去った。

「運ぶのを手伝いましょうか」私がコンクリートの床に置いた荷物を持ち上げようとすると、ファビアンが申し出た。

「大丈夫。ありがとう」私はスロープを上った。ファビアンが急ぎ足で先を行ってドアを開けた。

「何かいいことがあったら呼んでください。すぐに駆けつけますから」ファビアンはそう言ったが、ここでいいことが起きることなんてない。

私に続いてファビアンも入ってきた。フロアスケールの上に置きっぱなしだった空のストレッチャーを押して保冷庫の前を通り、そのまま解剖室のほうに消えた。私はすぐ奥の警備室に向かった。警備員のワイアットがデスクにいた。窓口のこちら側に置かれた黒い大きな搬出入記録は、勝手に持ち去られることがないよう細い鎖で固定され、ボールペンにも紐がついている。

ヴァージニア州検屍局の搬出入記録は、一九四〇年代初頭までさかのぼる。私がいつも持ち歩いているノートと同じで、それは第一印象の履歴でもある。現場で最初に遺体を扱った職員や、遺体を搬入・搬出した人々が書き残した簡単なメモを確認できるのだ。

後者の大半は葬儀社や遺体搬送サービス会社の職員だ。しかし、検屍局の調査員が搬入・搬出を担当する場合もある。たとえば搬送中も証拠物件を確実に保存したいケースなどがこれに当たる。また、変死体を搬送する確実な手段がほかにない場合、検屍局が引き受けることもあり、パンデミックのあいだはそれが当たり前のようになっていた。

死者が多すぎて民間の遺体搬送サービスでは対応しきれなくなり、たとえば私がここに来る前にいたマサチューセッツ州ケンブリッジの法病理学センターでは、窓のない黒いバンですべての変死体の搬入と搬出を引き受けるしかなくなった。その場合、バンを運転する職員には証拠保全の義務が生じる。大きすぎるほど大きな責任だ。何かあったとき、法律上の責任まで問われかねない。搬出入記録は法律上にも重要な意味を持つゲストブックといえる。どのような理由であれ、そこに自分の名前を載せたいと願う人は皆無ではあるだろうが。

搬出入記録とは、日々の仕事をそのまま写し取ったスナップショット、何より大事な記録——私は昔からそう考えている。だから、毎日、出勤したら一番に最新の搬出入記録を確認する。一日の終わりに局を出るときもまた確かめる。搬入時点での情報は誤りだったと判明したときは、死者の記録をかならず訂正しておかなくてはならない。

鑑識ケースなど荷物一式を床に置き、堅い表紙がついた大判の搬出入記録の淡い緑色の罫線《けいせん》が入ったページを開いた。

「今夜はどんな調子？」私は警備員のワイアットに尋ねる。「私の留守を守ってくれてありがとう」

「まあ、それなりですかね」ワイアットは紙ナプキンで口もとを拭った。会話用の小さな穴がいくつもあいたアクリル板にかさかさという乾いた音が反響する。空気清浄機は最強モードで稼働中だ。

搬出入記録を見ると、ゆうべ、私がちょうどいまくらいの時刻にマリーノの車で出発して以降、八人が運ばれてきていた。交通事故が二件、首吊《くびつ》り自殺が一件、自然死が二件。そのほか三件は、ドラッグの過剰摂取と見られ、薬毒物検査の結果待ちと記されている。数分前に見送った遺体を含め、ほとんどはすでに引き取られていた。

「出勤したばかり？」ワイアットのデスクに食べかけのウェンディーズのミールセットがあることに気づいて私は訊いた。くず入れはあふれかけ、ワイアットは見るからに疲れた顔をしていた。

「いいえ。朝の八時からずっといますよ。このあとも午前零時まで」

た。

「昼と夜のダブルシフト？　どうして？」

「やりたくてやってるんじゃありません」フライドポテトをケチャップに浸しながら、今朝八時から勤務するはずだった警備員が体調を崩したらしいんですよと続けた。

「またなの？　それは困ったわね」初めての事態ではない。マギーはなぜ知らせてくれなかったのだろう。

「今度もまた頭痛だそうで。アレルギーが原因の」ワイアットは溶けたフロスティを大きな音を立ててすすった。「ふん。あいつがアレルギーなのは、仕事くらいのもんですよ」

「それは迷惑だったわね」ほかにももう一つ、解決しておかなくてはならない問題がある。「あなたが警備室で食事をしているのは初めてじゃない？」ワイアットが死体置き場を嫌っていることは私もよく知っている。「いつも食事は休憩室で取っているわよね」

「ええ、そのとおりですよ」ワイアットはうなずいた。休憩室だけでなく図書室や会議室もあるでしょうと私は念を押す。

局内のだいたいの部屋にモニターが設置されていて、警備員や私のような職員がいつでも防犯カメラの映像を監視できる体制になっている。つまり、食事をするなら上の階に移動したほうがはるかに安全で快適だということだ。

「もちろん知ってますよ」ワイアットはいらだちを隠そうとしなかった。「なんてったって、ついさっき葬儀社が死体を運び出したばかりですからね。さっきの一人とほかの二人――今日解剖した三人がどうして死んだのか、わからないって話じゃないですか。空気中を何が漂ってるか、わかったもんじゃない。私だってこんなところでめしを食いたくありませんよ。ファビアンがウェンディーズまでひとっ走り行ってきてくれたんですが、買ってきたものをここに置いていきました。警備室を離れるなってお達しだそうで」

「それは誰の指示？」

「マギーです。ファビアンを通じてそう言われました」ワイアットは腹立たしげに言った。マギーのボス気取りは、そろそろ手に負えなくなり始めているようだ。「レポーターが入ろうとするんじゃないかって心配してるんですよ。とくにあのテレビ局の取材班。ほら、会見だか何だか開いて大騒ぎしてる女性レポーターの撮影クルー」

「デイナ・ディレッティ」

「そうそう。自宅に侵入されたとかってレポーターです。ああいうレポーターなら、搬出入ベイのシャッターが開いた隙に勝手に入ってきてもおかしくないって、マギーは決めつけているんです」ワイアットはチリをまた一口食べた。私は搬出入記録の分厚いページをめくり、八ヵ月前の記録を探した。

ワイアットが続けて言うには、少し前までたしかに駐車場の裏手にテレビの中継車が何台か駐まっていたらしい。レポーターや撮影クルーが、検屍局の敷地を出入りする職員や警察官、霊柩車《れいきゅうしゃ》やバンをカメラに収めていた。狙いがグウェン・ヘイニーの遺体を運び出す車であるのは明らかだが、今日のうちにグウェンの遺体が引き渡されることはないと私はワイアットに話した。

「明日ということもないと思うの。いろいろと込みいった案件だから、しばらくうちで預かることになりそう」私は言った。「あなたが警備室から一歩も出ちゃいけないなんてことはないから安心して。そんなの馬鹿げてる」

マギーや誰かが何と言おうと関係ない。搬出入があるときだけ確実に警備室にいてくれればそれでいい。それ以外の時間帯は、上階でくつろいでいてくれてかまわない。私はまたページをめくる。あった。キャミー・ラマダ。几帳面《きちょうめん》な文字、黒いインク。死亡した場所は〈デンジャーフィールド・アイランドのビーチ〉。日没後にそんなところで何をしていたのかと首をひねらずにいられない。

遺体は四月十一日日曜日の午前零時五十分にここに到着した。発見当初から、身元ははっきりしていたようだ。身分証に類するものが現場で見つかったのだろう。死因は〈溺死と見られる〉と書かれていた。死に至った経緯は〈UND〉。〝不明〟の略だ。フルーグ巡査の声が耳に蘇る。

「先生の局は、結局、疑いの余地なく事故死であると断定したんですよ。しかも証拠の分析もせずに」フルーグはそう言った。私は〝結局〟という一語が気になったことを覚えている。

それが匂わせているのは、当初は事件の可能性ありと判断されていたということだ。私はワイアットに、キャミーが運びこまれたとき勤務中だったかと尋ねた。この事件について何か覚えていることがあれば聞かせてほしい。

「八ヵ月も前だし、そのあいだにたくさんの遺体が運びこまれてきたのはわかっている」私はどの事件のことか、少し説明した。

「ああ、よく覚えてますよ」ワイアットはチーズバーガーをかじった。ほかの料理と同様、きっと冷めてしまっているだろう。「あのあと、うちの娘に暗くなってからジョギングに行くなと言い渡しましたからね。悪い連中がうろつきだすのは暗くなってからだし、どのみち一人で出歩くのは危ないですし。たとえば怪我《けが》をしたとき、助けを求めたくても近くに誰もいない」

「キャミー・ラマダがどうして怪我をしたか、誰かから聞いた覚えはある？」私は搬出入記録を閉じた。

「転んで頭を打ったらしいって話でしたね。そのまま気を失って溺死したって。健康上の問題があって、方向感覚を失ったとか。覚えてるのはそれだけです。あとは、奇妙な事件だと思ったくらいですかね」

「検死解剖が行われたときはどう、あなたは勤務中だった？」

「解剖中は近づかないことにしてますから」

「でも、この警備室にはいたのよね。それとも当番は別の人だった？」私は尋ねた。

当番は自分だったとワイアットは答えた。

解剖は一日おいて月曜の朝に行われた。それは珍しいことではない。ワイアットによると、その日は午前七時から勤務だったという。私は、警察や事件関係者が出入りするのを見たかと訊いた。

「ええ、見ましたよ。大勢が出入りしてましたね。月曜はたいがいそんなものですが。週末の分がたまってますからね。それにしても、あの朝はとくに大勢が行ったり来たりしていました」

「キャミー・ラマダの死に関連して、誰が来ていたか覚えている？」

「ＦＢＩが捜査に加わってましたから、ＦＢＩの捜査官が何人か」ワイアットは目の前の大型ディスプレイに表示されている防犯カメラの映像に絶えず目をやっている。

「公園警察のライアン捜査官は来た？」

「その人は知りませんね」ワイアットは言った。おそらくオーガスト・ライアンは来なかったのだろう。

解剖の立会人のなかにオーガストの名前はなかった。ＦＢＩが捜査に乗り出したのなら、公園警察が食いこむ余地はなかったはずだ。

「ドクター・レディはどう？」私は訊いた。

「この前を一度通りましたかね。ひょっとしたら二度」エルヴィン・レディの名前が出たとたん、ワイアットは明らかに落ち着きを失った。

27

「この前を通るのをあなたが見たとき、ドクター・レディは誰かと一緒だった？」私は尋ねた。

「FBIと一緒でしたよ」ワイアットはチリのカップの底にプラスチックのスプーンを突っこみ、残り少なくなった辛《から》いソースをかき集めた。

「スクラブを着ていた？」答えを聞く前から推測がつく。

「いいえ。いつもどおりの服装だったと思います。スーツです」やはりそうか。私は置いていた荷物を持ち、階段に向かった。

人類学ラボの見学窓の前に差しかかると、耳慣れた独特のかたかたという音が聞こえてきた。数日前から可動式レンジの上で大型のスープ鍋が煮えている。骨から肉や脂肪を完全に取り除くにはかなりの時間がかかる。骨が完全にきれいになったところで、ようやく念入りな検査が始まる。

欠けや傷、銃弾の穴など、暴力を示唆する痕跡がないか、一つひとつ丹念に確かめる。この男性の場合、どうして死んだのか、それがいつだったのかはわかっていないが、少なくとも身元は判明している。彼の死の間際に何が起きたのか、永遠にわからないままになるかもしれない。それでも、身元不明者の遺骨の収納庫はすでに満員だから、そこの住人がまた一人増えずにすむと思えばほっとする。

遺体の身元を突き止められない以上に大きな挫折があるだろうか。エルヴィン・レディは二十年で八十七件の未解決案件を残していった。私はラベルが貼られた保存用の箱がぎっしり詰まった遺骨の収納庫を思い浮かべた。蠟《ろう》を思わせる古い骨の、パラフィンに似た獣くさいにおいが鼻先を漂ったような気がした。

解剖室に来た。ファビアンの姿は見えないが、いかにも彼が好きそうなポップミュージックが男子更衣室から大音量で流れている。きっとシャワーを浴び、ふだんの調査向きの服に着替えているのだろう。私は階段を上った。金属の滑り止めがついたコンクリートの段を一つ上るごとに靴音が大きく響く。ドアを押し開けるなり、マギー・カットブッシュが誰かと話している声が聞こえた。

「……お知らせしておこうと思いまして」携帯電話で話している。イギリスのアクセントで話す彼女の声はよく通るが、本人はそのことをあまり意識していない。

廊下にはほかに誰もいなかった。キャスターつきの鑑識ケースを引きずって大きな音を立てるのもはばかられた。声はかけず、マギーと距離を取って歩くことにする。

「……いえいえ、違うと思います。あれから何の進展もないはずですから」マギーは五、六メートル先を歩きながら、ハンズフリーで話していた。ワイヤレスイヤフォンマイクの青いランプが点滅を繰り返している。

お得意のウールのスカートスーツにローヒールの靴を合わせ、ひっつめ髪にしたマギーは、片方の腕でファイルを何冊も抱えていた。おそらくあとで私のデスクに届ける資料だろう。

「……もちろん訊きました。なぜ急に興味を持つのか。でも、あの人のことです。何かに関心を持ったら最後……ええ、誰よりよくご存じですよね」

電話の相手は、マギーの考える序列のかなり上位に位置する人物だろう。マギーが心の底から大切に思っている相手。マギーの口調には、私がこれまで耳にしたことのない、甘やかすような優しさがにじんでいて、私は自分の推測が間違っていますようにと祈った。

「ええ、まるでピットブルです。一度食らいついたら絶対に離さない。いつだって自分がドラマの中心にいなくては気がすまないんですよ」マギーはそう言いながら自分のオフィスに消えた。

まもなく私も自分のオフィスに入り、会議テーブルに荷物を下ろした。最初にしたのは、しだいに車が減っていく駐車場に面した窓のカーテンを引くことだ。次に薬品棚の鍵を開けた。ここに検死で使う薬品や医薬品をつねに十分すぎるほどストックしてある。

ナルカンの点鼻スプレーを探す。いましがた聞いてしまった会話のことは考えまい、気にしまいとする。マギーが誰の話をしていたかは誤解のしようがない。〝棒きれや石をぶつけられたわけじゃなし、言葉を投げつけられたって平気だ〟という昔ながらの言い回しがあるが、決してそんなことはない。言葉だって人を深く傷つける。これまでも、私はこの新しい職場で歓迎されていない、一人きりで闘うしかないと理解していたつもりだが、孤立感がますます深まった。

「あら！　お帰りなさい」マギーが二つのオフィスの境にあるドア口に顔を出した。「帰ってらしたとは気づきませんでした」マギーの瞳の奥を影がよぎった。彼女のうろたえた表情を見たのは、おそらくこれが初めてだ。

私はちょうどオフィスに入ってきたところだ。マギーは、たったいま電話で話していた内容を廊下で私に聞かれたのではないかと心配している。私は知らぬ顔で棚から点鼻スプレーを取った。

「ようやく帰ってこられたわ」私はスプレーを六つ鑑識ケースに入れた。今後はどんなときも欠かさず持っていようと心に誓う。「渋滞とデモで遅くなってしまったのに、よく待っていてくれたわね」

「待っていたわけではないんですよ。先生のお帰りがたまたま間に合ったというだけで。帰る前にいくつか雑用を片づけておこうと思いました」私の考えを読み取ろうとしているかのように、動作の一つひとつをじっと目で追っている。「電話の伝言をたくさん預かっています。ちょうどいまそのリストをメールでお送りしておきました。それから、目を通してサインしていただきたい報告書や死亡診断書が山のようにあります。すぐに用意しますね」

「ベントンと私が渋滞にはまっているあいだにメッセージを送ったとき、こちらはカオスだと返事をくれたわね。〝カオス〟というのはあなたが使った表現よ。昼番の警備員が急病で欠勤した以外に何があったの？　その警備員の名前はたしかネイサンだったかしら」私は彼を思い浮かべる。弾丸みたいな体つきをして、いつ見ても苦々しげな表情を浮かべている人だ。

「そうでした。ゆうべ遅くに偏頭痛がすると電話がありました。部屋を真っ暗にしてベッドで布団をかぶっているしかないような、ひどい頭痛だとか。もう夜中なんですから、どのみちベッドに入っているべきですけどね」マギーは言った。「とにかく、今日は一日、カオスでした」

「急な欠勤を繰り返すようなら、その警備員は解雇することになりそうね」私は言った。「警備員に二連続勤務をさせるなんてよくないし、ああ、それにね、マギー、食事のときも持ち場にいろなんて無理強いしてはいけないわ。とくにその人のオフィスが、この建物の一階に——遺体や有害な物質の近くにある場合は」私は内心の怒りを声ににじませないように用心しながら言った。

「いろいろありましたから、この建物のセキュリティを心配するのはしごく当然のことだと思いますけど」マギーは差し出がましい口調で言った。私が以前の秘書のローズを懐かしく思い出さない日は、いまも一日たりともない。

リッチモンド時代、あれほど優れた副官に恵まれた私は本当に幸せだった。温かく、信頼が置け、そして厳しい人だった。私の管理下にあった支局のなかで、ローズがどこより扱いにくいと感じていたのはこの支局だった。ここの職員を〝北の侵略者〟〝スノッブな環状族《ベルトウェイ》〟〔ベルトウェイはワシントンDCの環状道路のこと。首都の機能のほぼすべてがこの内側にある〕と呼んでいた。いまの私を見たら、きっと首を振って嘆くだろう。

「混乱の一日だったとしたらごめんなさい。でも、意外ではないわ」私はローズとは遠くかけ離れたいまのアシスタント、脇腹に刺さった鋭い棘《とげ》のようなアシスタントに言う。

薬品棚を隅々まで確かめたが、ここにあるはずの混合済みのブルースター試薬が見つからない。私はマギーになぜなくなっているのか尋ねた。

「何の薬です?」マギーはすぐそばに来て、タカのように何一つ見逃さない目で私をじっと見つめた。

「目に見えない血痕に反応して蛍光を発する薬品」私はいらいらと説明する。

「ああ、『CSI:科学捜査班』でよく見る、手品みたいなあれですね」マギーはあきれて白目を剝《む》きそうな顔つきで言った。「あれなら、何日か前にファビアンが借りると言って持っていきましたよ。あとで補充しておくと言って」

「そういうことはきちんと知らせてちょうだい」つい嚙《か》みつくような声になった。幸いなことに、戸棚にルミノール粉末がある。

これで十分役に立つ。しかし使い方は簡単ではないし、ブルースターに比べて感度がやや劣る。

「私の薬品棚から勝手に薬品を持ち出されては困るの」当たり前の礼儀をあえて指摘しなくてはならないとは。

「ファビアンには私から注意しておきます」マギーは言った。なるほど、二人の忠誠心がどこにあるのか、これではっきりした。

「もっと密にコミュニケーションを取ることにしましょうよ」マギーにそう言うのは初めてではないし、これが最後でもないだろう。「ブルースターにかぎらず、薬品の在庫が局全体で尽きそうだと知っていたら、私たちのほうで追加注文できただろうし、現場に行くのにどうしても必要な薬品なのよ」

「現場？　いまから？」

「確認したいことがあるの」

「なるほど。でも、コミュニケーションとおっしゃいましても、どこにいらっしゃるのかわからないときのほうが多いのでは、ねえ。たとえば今日です。市外に行かれるなんて聞いていませんでしたよ。知らせてくださったのは出発してからでした」

マギーは不満を並べ続けた。私はスプレーボトルと過酸化水素粉末、蒸留水一リットルを手もとにそろえた。

「しかも今度は夜に外出されるわけですよね。しかもその理由を教えてくださらない」マギーは続ける。「そんな調子では、私は仕事になりません」

検査用の手袋とフェースマスクを着け、ルミノール粉末を十五グラム――テーブルスプーン一杯ほど――プラスチックのスプレーボトルに振り入れた。

「あなたに教えないのは、教えられないから」これではまるで壊れたレコードだ。

「私だってわざとややこしくしているわけではないわ」スプレーキャップを回して締めた。

「これほど私を疎外する人の下で働くのは初めてです」マギーは言った。

マギーの視線を感じながら、鑑識ケースに必要なものを入れて蓋を閉め、大きな音を立てて留め具をかけた。マギーの言葉の選択が気に入らない。

「あなたであれ、ほかの誰であれ、私は他人を疎外したりしていない」私はそう答えた。我がことながら、法廷の弁護士のような言いようだ。「政府関係の仕事の内容は原則として他言できないの。慎重な対応が必要な捜査情報についても同じこと」マスクと手袋を取ったところで、デスクチェアに分厚いマニラフォルダーがあることに気づいた。

「ご依頼の資料です」私がそちらに近づくと、マギーが言った。「電子版もメールしておきました。それにしても、なぜ急にその事件に興味をお持ちなんです？　今夜の行き先と何か関連が？　確認したいというのはどの現場？　デンジャーフィールド・アイランドのことですか」

「ゆうべデンジャーフィールド・アイランドの現場に行ったとき、フルーグ巡査からキャミー・ラマダ事件の話を聞いたの」私は答える。「それで思い出した。帰宅する前に、巡査のお母さん、薬毒物鑑定官グレタ・フルーグの現在の連絡先を調べてもらえるかしら。州政府の仕事は辞めて、いまはリッチモンドの民間ラボにいるはず」

資料のファイルを会議テーブルに置き、何年も前にグレタと一緒に仕事をしたことがあるのだと付け加えた。世間はせまいわね、と。

「お嬢さんがアレクサンドリア市警の巡査だと聞いて、驚いたわ」私は言う。

「グレタに何の用が？」マギーは石のように硬い表情で訊いた。「なぜハチの巣をつつくような真似《まね》をするんです？」

「どのハチの巣の話？」

「こちらが訊きたいわ。大勢の怒りを買うようなことばかりして。エゴが果てしなく肥大するとそういうことになりがちですよね」

「私が知っているグレタの連絡先はおそらくもう古いの」マギーの立場をわきまえない忠告や詮索をあっさり無視することを私は学び始めている。「とりあえず、いま知っている連絡先を教えるわ」さっそく携帯電話の連絡先リストからグレタの情報を選んでマギーに転送した。「最新の連絡先を調べてみてもらえる？」

グウェン・ヘイニーのタウンハウスを捜索しているあいだにフルーグ巡査がちらりと話していた、バイオテクノロジー会社の名前も伝えた。

「お母さんの連絡先を教えてほしいと、ご自分でフルーグ巡査に頼むほうが手っ取り早いんじゃありません？」マギーが言う。そんなことは私だってとうに考えた。

「この件に関して、いまはほかの誰とも話し合いたくないの」

「ふつうの感覚なら、グレタ・フルーグとはそもそも話をしないのが一番でしょうよ」

「彼女はことのほか有能な鑑定官よ」私はそう切り返す。「肝心なのは、いまは民間のラボにいるということ。うちのような公のラボに導入されるのはまだ何年も先になりそうな最新のテクノロジーに詳しいかもしれない」

過去の関係ゆえに、グレタが協力してくれるのではないかと私は期待している。なんといっても、パンデミックに気を取られて世間はすっかり忘れてしまっているようだが、オピオイド系合成麻酔薬の蔓延という大きな危機に私たちはいまも直面しているのだから。それにグレタは、医薬品が兵器に転用されかねない現実を知らないほど世間知らずではない。私はマギーにこう指摘した——過剰摂取の疑いで運びこまれる変死者のなかに、薬毒物検査で陰性と判定される人がじわじわ増えている。

「新しい脱法ドラッグが州内に浸透し始めているのかもしれない」私がテイスティングしたボルドーワインに混入していた毒物の正体がまだわかっていないことを思い出し、気持ちが一気に沈んだ。

ゆうべ、毒物を摂取してしまったあとに私の血液をスクリーニング検査していたとしても、結果はすべて陰性と出ただろう。私は今日四人目の薬物検査未完了の過剰摂取者として遺体収容袋に収められ、葬儀社や火葬場に運ばれていたかもしれないのだ。

「自分が気に入らないからといって、隙あらば済んだことをつつき回そうとするのはどうかと思いますね」マギーの言葉には二重の意味がこめられている。

マギーは二十年にわたってエルヴィン・レディの右腕を務めてきた。彼の辞職はさぞ痛手だっただろう。私が後任に就いたときは、大いに不満だったに違いない。

「ドクター・フルーグに連絡するなんて、無謀もいいところだと私は思いますが」マギーは言った。「世界中に吹聴されたいなら別ですけどね」

「そんなことより、強力な合成ドラッグが新しく流行して、大勢が命を落とすことのほうがよほど心配だわ。グレタに連絡がついたら、私の携帯電話の番号を教えて、できるだけ早く電話をくださいと伝えて」私はキャミー・ラマダの資料を開いた。マギーは自分のオフィスに戻っていった。

初動捜査の報告書にざっと目を通すところから始めた。監察医の署名を見ると、解剖の担当者はエルヴィン・レディではなかった。副局長の一人、ダグ・シュレーファーだ。とても有能な監察医で、私は一月前に着任して以来、彼に何ら不満を感じたことがない。ただ、人となりまではよく知らないから、どこまで信頼してよいのかはわからない。

私が見ている書類には、解剖に立ち会った一人としてエルヴィン・レディの名前がある。といっても、本当に立ち会ったとはまったく考えられない。ましてや解剖には五時間近くかかっているが、それを手伝ったりなどしていないに決まっている。五時間といえばかなりの長丁場だ。ふつうなら外傷の有無の確認と解剖で一時間、長くても二時間ですむ。

その倍以上の時間をかけたということは、ダグは彼女を型どおりの案件として扱わなかったのだ。解剖を始めた直後からそれなりの疑念を抱き、これは単純な死亡事件ではない、用心してかからなくてはいけないと気を引き締めたのだろう。何らかの理由から、自分が法廷で証言することになりそうだと考えて、万全を期したのかもしれない。

一方、華やかな名声を誇る上司はといえば、その五時間の大半を解剖室以外の場所で過ごした。パーティの主催者か何かのように、ＦＢＩの捜査官を出迎え、丁重に送り出していた。つまり、さっきワイアットから聞いた話に基づいて考えれば、解剖に立ち会うべき時間を社交に費やしたのだ。

その月曜の朝、味方につけておくと何かと好都合なＦＢＩ捜査官に媚《こ》びを売ること以外にエルヴィン・レディが何を考えていたか、おおよそ見当がつく。前夜に気まぐれにデンジャーフィールド・アイランドに姿を見せたがために危うくなりかねない、政界における自分の未来を守ろうとしていたのだ。

28

検屍局長が自ら変死の現場に臨場したり、助言する以上の形で捜査に関わったりすることは、通常では考えられない。局長が局全体を適切に運営することに専念できるよう職員がいるのだし、悲しいことではあるが、熱意は年齢と反比例して減退するものだ。

あるいは、エルヴィン・レディのように、そもそも熱意などかけらも持ち合わせていない場合もある。リッチモンド時代、私は不運にも彼を部下に持ち、その本性を早々に見抜いた。彼は石のように冷たい心の持ち主だった。いまもそうだ。他人のために涙を流すことはないし、仕事では楽をすることしか考えていない。なのに、四月十日の夜、なぜか現場に姿を現した。

そのあと、面倒をダグ・シュレーファーに押しつけた。解剖をまかされたダグは、キャミー・ラマダの死を事故による溺死と結論づけた。四月十二日付の仮報告書には〝運動の負荷が側頭葉てんかんの発作を誘発〟との所見が記されている。

ダグの筆跡による詳細な記述によれば、ブラジル国籍のキャミー・ラマダがマウントヴァーノン・トレイル沿いをランニング中に、死に至らしめる重度の発作が起きた。キャミーは同じ時間帯にランニングに出かけるのを日課にしていた。グウェン・ヘイニーもそうだった。非業の死を遂げた二人の女性には、気がかりな共通点があったことになる。

本来なら行われるべきだった追跡調査はその後行われていない。意図的に省かれた。コロニアル・ランディングの管理人や近隣の住人の証言を信じるなら、グウェンはいつも日の出とともにランニングに出発した。数分のウォームアップののち、タウンハウスの敷地内を軽くジョギングしたあと、セキュリティゲートから出ていった。そこから数ブロック行ったところで、ランナーやサイクリストに人気のマウントヴァーノン・トレイルを走り出した。その名が示すとおり、トレイルは、アレクサンドリアの南、ジョージ・ワシントンが妻マーサと暮らしていた邸宅があるマウントヴァーノンを起点としている。舗装された細い道をたどっていくと、趣のある古びた歩行者専用橋があったり、思わず息を呑《の》むような美しい風景がふいに開けたりする。デンジャーフィールド・アイランドに入るまでの区間はずっと、ポトマック川沿いを通っている。

デンジャーフィールド・アイランドに入ると、トレイルは内陸に進行方向を変える。緑に覆われた公園の反対側に出たところで右に折れ、線路と平行に北上する。そこから一キロ弱ほどの区間は鬱蒼《うっそう》とした森のなかを通り抜けている。よからぬ動機を抱いた人間が隠れ、ひそみ、観察するのにうってつけだ。一人は早朝、もう一人は深夜という違いはあっても、二人がそこを通ったのはあたりが闇に包まれている時間帯、一日のうちでもっとも人が少ない時間だった。

グウェンは早朝だったが、キャミーは、店長を務めていたレストランを閉めたあとの深夜だった。パンデミック以降、ほかに仕事が見つからずにやむなくレストランで働いていた。ダグの几帳面な活字体で書かれた記述によれば、父親はサンパウロで衣料品販売のチェーン店を経営していたが、経営に失敗して全店が廃業に追いこまれたという。報告書からはダグの複雑な心境が読み取れる。

彼は警察とFBIの報告書を丹念に読みこみ、不運続きのキャミーの境遇を要約した。授業料を払えなくなって、キャミーは通っていた大学を中退した。数ヵ月後には学生ビザが切れたが、そのままアメリカに不法滞在を続け、同じブラジル出身の女性二人と低所得者向けの住宅で暮らしていた。

三人が暮らしていたアパートは、不運にも、デンジャーフィールド・アイランドから走って数分の距離、幹線道路を一本はさんだ向かい側にあった。エルヴィン・レディから見れば、キャミーのような人間に価値はない。近親者はみな遠く南米にいて、しかもほかのあまりに多くの人々と同じように、経済的に困窮している。彼らは力も声も持たない。アメリカに来るだけの余裕はない。

ファイルに入っていた受電記録によれば、キャミーの遺族は検屍局に何度も問い合わせをしてきている。キャミーに何があったのか知りたくて、ダグと話をしたのだ。遺族はダグが報告書に書いたのと同じストーリーを聞かされた。キャミーは午後九時ごろ、草むらの多い川岸をランニング中に痙攣《けいれん》を起こし、まもなく溺死した、と。

生前のキャミーのＭＲＩ画像を見ると、左上側頭回に皮質形成異常が認められる。てんかんがあったのは事実だ。解剖では、口、鼻、気道、胃、肺に大量の水が見つかっている。これはうつ伏せに水のなかに倒れたとき、まだ呼吸をしていたことを意味する。即死でも、安らかな死でもなかった。

発見現場で苦しんだ末に溺死したのだ。服はすべて着たままだった。例外は片方の靴で、これだけは遺体から少し離れた場所で見つかっている。しかし手指の爪は割れ、首や腕、手首、手には複数の痣《あざ》が残っていた。抵抗の跡と解釈するのが妥当だろう。顔と頭皮には深い裂傷と擦過傷があり、歯が一本折れ、舌を噛んでいた。

地面に打ちつけられて頭骨が折れ、脳の対側損傷が起きた。頭皮に裂傷があり、側頭骨が折れてそこに硬膜外血腫ができた。頭部を少なくとも三度、強打されている。てんかんの発作ではそういうことは起きない。ここまでの情報だけですでに、この案件はきわめて疑わしいとわかる。転倒したせいでこのような損傷が生じるとは考えにくい。

それ以前に、キャミーはなぜマウントヴァーノン・トレイルから逸《そ》れ、何エーカーもある公園の反対側にある川沿いに行ったのか。このストーリーにはその説明が欠けている。それこそが何より肝心な疑問だろう。ところがその疑問を解決するための努力はまったくなされていない。私の根深い怒りはいまにも爆発しそうだった。私はいまどこかと尋ねるメッセージをマリーノに送った。

〈あと二十分〉。少し間をおいてマリーノから返信が届く。私は薬毒物検査報告書を確かめる。アルコールと薬物は陰性。抗てんかん薬も陰性だ。

薬をのんでいなかったとすれば、死の前に発作を起こした可能性はあるだろう。しかし、ポトマック川にうつ伏せで倒れていた理由はそれではない。失神して溺死したほうがまだ楽だったのではないか。私の頭に描かれ始めた物語より、そのほうがよほど慈悲ある死と言えそうだ。しかし私の推測が当たっているとして、いま残されている証拠に基づいてそれを立証するのは一筋縄ではいかないだろう。

キャミーはなぜ死んだのか、何者かが介入したのか、疑問に感じたのは私一人ではない。四月十一日未明の搬出入記録に死に至る経緯は〈ＵＮＤ〉――〝不明〟――と書きこまれている理由はそれだ。死に至る経緯がのちに訂正されたのなら、その訂正が反映されていてしかるべきだろう。しかし、資料のどこを見ても、訂正の形跡はない。

解剖から一週間後、エルヴィン・レディは最終報告書と死亡診断書に承認のイニシャルを書きこんでいる。それをもってキャミーは事故による溺死と公式に断定され、警察の捜査は中止され、ＦＢＩは証拠の分析を中断した。

犯罪が行われていないなら、容疑者はおらず、被害者もいない。ＤＮＡや指紋が統合ＤＮＡインデックス・システム（通称ＣＯＤＩＳ）や統合自動指紋識別システム（ＩＡＦＩＳ）で照合されることもない。事件は記録的スピードで解決した。現在の検屍局に信用に足る職員がいると思えるなら、私はダグに意見を求めているだろう。しかし、誰もが前任のリーダーにいまだ忠誠心を抱いている場では、安心して話ができる相手はいない。

彼は北部支局を崩壊させるだろうと私は即座に予見した。二十年前、エルヴィンが北部支局に採用されたと聞いた日のことだ。その後、いまから五年前にエルヴィンが州の全四管区を掌握する州検屍局長代理に就任したとき、彼は州の検死システム全体を破壊するだろうと私は確信した。現にほぼそのとおりのことが起きている。

今年の初めに新局長就任を打診されたとき、私はそういった事情を知らなかったわけではない。検死システムの立て直しを期待されていることはすぐにわかったし、いざ就任してみれば、怠慢と腐敗を通じてエルヴィンがもたらしたダメージの規模を早々に目の当たりにすることになった。エルヴィンが検死システムを骨抜きにしているあいだ、マギーはずっと彼のファーストレディ、忠実な職場妻として彼を支え続けた。隣のオフィスから、マギーが電話を終える気配が伝わってきた。

まもなくマギーはコートとハンドバッグを持ち、何食わぬ顔で境のドアからこちらのオフィスに来た。帰宅の支度をすっかり整えている。検死記録と死亡診断書の束を私のデスクに置く。

「あいにく電話はつながりませんでした」マギーが言う。私はさっきマギーが出ていったときと同じ場所にいた。会議テーブルの前に立ったまま資料をめくっている。靴は脱ぎ、スーツのジャケットは椅子の背にかけてある。べつに服を脱いでいる途中というわけではないが、どうせ着替えるつもりだった。私はストッキングだけの足で歩いてバスルームに向かった。

「ドクター・フルーグは電話に出なかったので、先生に連絡してくださいとメッセージを残しておきました」マギーは怪訝《けげん》そうに私をじっと見た。「なぜ着替えるんです？　現場に行くとかおっしゃってましたけど、いったい何をする気なんです？」

「グレタに連絡してくれてありがとう」私はお節介なアシスタントの詮索を無視した。「それで思い出した。ゆうべ、お嬢さんのフルーグ巡査とかなり長い時間いろいろ話をしたの。フルーグ巡査はあなたのご近所さんなんですってね。エマを散歩させているところをよく見かけると話してた」私はマギーのコーギー犬の名前をたまたま知っている。

「ええ、フルーグ巡査ならよくパトロールカーでうろうろしていますよ。暇が有り余っているんでしょうね、きっと」マギーはいやみな口調で言った。「おしゃべりを始めたら止まらない薄っぺらなタイプの人ですよね。他人のことに首を突っこまずにいられないタイプ」

「ドクター・レディがデンジャーフィールド・アイランドにふらりと現れたとき、フルーグ巡査も偶然、そこにいたそうなの」私は一拍置いて自分の言葉がマギーの意識に染み通るのを待った。バスルームの電灯をつけ、キャミーの資料を開いたままの状態でカウンターに置いた。

「ほらね、私がいま言ったとおりでしょう。あの人は、行かなくていい場所にもやっぱり押しかけていくんですよ」ドアの隙間からマギーの声が聞こえる。前の上司に話が及ばないようはぐらかそうとしている。「彼女のそういうところはどうかと言っているんです、私は」

ロッカーには、丁寧にたたまれた現場用のシャツとカーゴパンツが何組も用意されている。私は必要な着替えを取った。マギーが不意を突かれてうろたえているのが伝わってくる。今年の四月の現場にフルーグ巡査がいた事実を、まさか私が知っているとは思っていなかったに違いない。

「もちろんご存じのことでしょうけどね、キャミー・ラマダがアレクサンドリア市内で死亡したのは確かですが、あの公園はアレクサンドリア市警の管轄内ではないんです」マギーが言う。「フルーグ巡査にはそもそもあの現場に行く理由がないということですよ。それでも無線で聞きつけて行ったわけです。他人の仕事に口を出してはいけないことさえ知らない人もいるんですね、世の中には」

フルーグ巡査が無線で何を聞いたのか、マギーはなぜ知っているのか。二人は私が思っている以上に互いをよく知っているのか。二人とも、同じ地区で一人暮らしをしている。何かのきっかけで親しくなったのかもしれない。ありえない話ではなかった。内心では巡査を蔑みながら、情報を搾り取り、いいように操ろうとする――いかにも私のチャーミングなアシスタントがやりそうなことだ。

「公園が連邦政府の所有地だということは私も知っているわ」私は言った。「でも思いがけず死体を発見したら、誰だってパニックを起こすでしょう。パニックを起こした人は、あわてて九一一に緊急通報する。そこがどの捜査機関の管轄かなんて考えている余裕はない。通報を受けた地元警察にしても、ＦＢＩが来るのをのんびり待っていたりはしない」

「フルーグ巡査は平気で境界線を踏み越えるんですよ。それだけならまだましですが」マギーは警告するように言う。

「あなたも私もよく知っているわよね。エルヴィン・レディは、知名度のある権力者が関わる事件でないかぎり、自ら現場に駆けつけたりはしない。自分の利益にならない事件には、関心を示さない」私は手加減しなかった。「なのに、いったいなぜなの？」

ルド・アイランドのこの事件にかぎって現場に現れたのは、デンジャーフィー

私は閉じたトイレの蓋に座ってブーツを履きつつ、ドアの隙間から立て続けに質問を投げつけた。エルヴィンの動機は何だったのか。勤務時間終了後に仕事に戻るどん

なメリットがあったのか。

「そう言われても、ずいぶん前の事件ですし」マギーは言う。ほんの何ヵ月か前のことなのに、何十年も前の事件の話でもしているかのようだ。

「何か思い出せることはない？」

「そうですね、二人はたしか、アーリントンにあるお気に入りのレストランで食事をした帰りだったんじゃないかしら。レストランの名前はすぐには思い出せませんけど」マギーはそう言ったが、覚えていないはずがない。

「〝二人〟というのは誰と誰？」

「奥様がご一緒でした」マギーの話は、そこからなおも不自然になっていった。デンジャーフィールド・アイランドで死体が発見されたとの一報が入ったとき、夫妻はたまたま現場から数分のところにいたのだという。エルヴィンは私用のメルセデス・ベンツを運転して州間高速道路三九五号線をデンジャーフィールド・アイランド方面に走っていたとマギーは言う。

しかしマギーは、そもそもエルヴィンに死体発見の一報が行った理由には触れようとしない。勤務時間終了後、奥さんと食事をして帰宅するところだった検屍局長に、いったいなぜ連絡が行ったのか。フルーグ巡査が私に詳しいことを話さなかったのはなぜか。現場にエルヴィン・レディが現れたと巡査から聞いたとき、彼は一人で来たものと私は解釈した。

「いいわ。理由はよくわからないけれど、死体発見の連絡がエルヴィンに行ったのね」私はマギーに言った。「で、それから？」

エルヴィンが私用の車に鑑識ケースを積んでいるわけがない。そもそも自分の鑑識ケースを持ってさえいないのではないか。きっと予約が必要なお気に入りのレストランで奥さんと食事をして帰宅する途中だったのなら、個人防護具《PPE》の用意もなかったに違いない。レストランを予約したのはおそらくマギーだ。そしてそのマギーはたったいま、突然、記憶喪失を発症した。

「様子を確かめにちょっと寄ってみるとおっしゃいました」マギーが言う。

「でも、そんなことするかしら。だって、車には奥さんも乗っていたんでしょう」

「奥様は車から降りていません」マギーは言った。自分はその場にいなかったのに、なぜそう断言できるのか。

「そもそも死体発見の連絡をしたのは誰？　それにどうして？」

「さっきも申し上げたように、検屍局に電話があったんです」マギーが言う。それで答えに見当がついた。

エルヴィン・レディに連絡したのはマギーだ。私はマギーに理由を尋ねる。マギーは答える代わりにコートを着てバッグを持ち、廊下に出るほうのドアに近づいた。

「あなたがエルヴィンに連絡したのね。デンジャーフィールド・アイランドで死体が発見されたと」私はずばり言った。名指しされたマギーは肯定も否定もしなかった。

ただ、いつもと同じように助言したまでですとだけ言った。私の思考はまたしてもオーガスト・ライアンに引き戻された。

「この案件にかぎって連絡したのはどうして？」私は訊いた。

「どういうおつもりなのか私にはわかりませんが、そんなことをなさっても、ここでのお立場がよけいに悪くなるだけだと思いますが」これは脅しだ。

「奥さんと食事に出かけていると知っていて、なぜ連絡したの？　答えてちょうだい、マギー」私は追及の手をゆるめなかった。「あれだけ長いあいだエルヴィンの下で働いていたのだから、エルヴィンが何を重要と考えるか、あなたはよく知っていたはず。原則として現場には出向かないことも知っていたでしょう。彼はメスを手に取ることさえなかったんだから」

「考えるまでもないことでは？」マギーの目に怒りの炎が閃《ひらめ》く。「公園で死体が発見されたこと、あとあと面倒や問題の種になりそうな事件が起きたことを、エルヴィンに確実に伝えておきたかっただけです」この説明は、おそらく真実に近いだろう。

「現場に顔を出しておいたほうがいいでしょうと言いましたら、エルヴィンも同じ考えでした」

「自分はその場にいたというアリバイ作りのためね。それで事件の先行きをコントロールしやすくなるから」砂糖をまぶしたような言い方をする気はない。「現場に行った本当の動機はそれでしょう？　トラブルを芽のうちに摘み取っておこうとした。人気の国立公園で殺人事件が起きたなんて、体裁が悪すぎるもの。被害者が不法滞在者で幸運だったわね」私は怒りをこめて言った。「社会的地位の低い人、雑に扱っても誰からも文句が出ない人……」

「もう済んだことを、なぜそうやってしつこくつつき回そうとするんです？」マギーは私をにらみつけた。「就任前からそういう評判でしたよ。どうでもいいことをいちいち大げさに騒ぎ立てる人だって。悪い癖がまた出たというところかしら。それも、ただでさえ世間の目が厳しくなっているタイミングで。どうしても火に油を注がなくちゃ気がすまないんですか」

29

おかげでマスコミの問い合わせの電話が鳴りやまないとマギーは不満げに言った。グウェン・ヘイニー事件に関する問い合わせが殺到していて、次にどんなネタが報じられるかは神のみぞ知るだ。今日はとにかく大混乱で、大半の責任は私に、肝心なときに不在だった私にある。

私が無断欠勤でもしたかのような——重要人物との親交にかまけて仕事をサボったかのような——言われようではないか。私は搬出入ベイのくず入れに捨てたホワイトハウスのテイクアウトごみのことを思い出した。今日、私がどこに行っていたか、ファビアンがマギーに告げ口したのだとしても、いまさら驚かない。いや、それ以前に、エルヴィン・レディから伝わった可能性もありそうだ。ホワイトハウスの食堂《メス・ホール》で見たエルヴィンの後ろ姿が脳裏に浮かんで気分が悪くなった。

「そのうえ今度は別の不穏な死亡事件のことを持ち出したりして。まるで二つの事件に関係があるとでもいうみたいに」マギーが言う。「きっとまた新しい連続殺人事件が世間をにぎわすことになるんでしょうよ、あなたのリッチモンド時代と同じようにね。リッチモンドは歴史のある美しい街だったのに、あなたのおかげですっかり評判を落とすことになったんですよ」

アレクサンドリアのオールド・タウンは住むには危険な街だという評判が広まるのではと心配だ――マギーはまるで政治家のような調子で延々と続けた。ワシントンDC周辺を仕事で訪れるなら、ぜひともアレクサンドリアに宿を取るべきとはもう勧められなくなると考えると残念でならない。不動産の価値は下落するだろう。あらゆる価値が下落する。マギーはそういう後ろ向きな未来像を延々と描いた。

「検屍局の仕事は被害者を殺した人物を特定することであって、観光産業の利益を考えることではない」私はそう切り返す。

「あなたは何か大きな勘違いをしています」マギーはそう言い捨て、ドアを閉めて帰っていった。

私はそのまま数分待ち、マギーが確実に建物を出たころあいを見計らった。マギー・カットブッシュの顔さえもう見たくない。あれほど傲慢で強情な相手と一緒に働くなんてとても無理だ。私はマリーノに電話をかけた。

「ちょうどメッセージを送るとこだった」マリーノは〝もしもし〟のひとこともなく不機嫌そうに言った。まだ運転中なのだろう。「タイヤの空気圧をチェックしないとなんなくてさ。センサーがいかれてるだけだとは思うが。こないだとは別のタイヤだよ。いいかげんにしろって言いたいよ」

いまガソリンスタンドに寄ろうとしているところで、渋滞の程度にもよるが、あと三十分くらいかかりそうだという。私はこのあと現場に行く目的をざっと説明した。見つかるかどうかわからないものを捜そうとしているわけだから、無駄足になるかもしれないとあらかじめ謝っておく。

「でも、捜さないままでは自分が納得できないから」私はブリーフケースとコートを取った。

「しかし、何を使って捜す気だ？　金属探知機か？」マリーノの声は疑わしげだ。

「こっちの耳がおかしくなるまで線路に反応しまくるぞ」

「いい考えがあるの」私は自分の思いつきを説明した。

「なるほど。それならやってみる甲斐《かい》がありそうだ」マリーノが言う。「どのみち現場をもう一回見たほうがいいよな。暗くて、しかもほかに誰もいないって条件で見直したら、何かわかることがあるかもしれない」

電話を切った。銃器と工具痕の鑑定官フェイ・ハナデーがすぐにつかまれば、ちょうど話を聞くくらいの時間がありそうだ。オフィスの戸締まりをし、キャスターつきの鑑識ケースを引いて廊下を進み、エレベーターを待っている職員におつかれさまと声をかけた。階段を下りるのではなく上った。フェイはたいがい遅くまで仕事をしているが、事前に電話をかけて確かめる意味はない。ふだんから電話には出ない人なのだ。

鑑識ケースを引いて三階の廊下を歩きながら、すれ違う技官と挨拶を交わす。まだ自己紹介できていない人も多かった。職場の新人の立場にこれほどうんざりする経験も初めてかもしれない。これまでの勤務先では、証拠の分析の進み具合を確かめるために、各ラボをひととおり回るのが日課になっていた。しかし、ここの新局長に就任して一ヵ月、目が回るように忙しくて、その日課を守れていなかった。

廊下の行き止まりに銃器・工具痕ラボがある。試射場の分厚いスチール扉のランプは緑色だ。分厚いコンクリートに囲まれた細長い空間で銃を試射する、くぐもった重たい音は聞こえない。奥に鋼鉄の弾丸トラップがあり、床は水回収タンクの重量を支えられる耐荷重性能を備えている。

試射場に人の姿はない。フェイの同僚はみな仕事を終えて帰宅したようだ。フェイは定位置になっている作業台の前に一人で座り、比較顕微鏡の二つの対物レンズに目を当てていた。白衣の下はセーターとジーンズで、足もとはいつものハイカットのスニーカーに派手なソックスだ。ピンクと紫色のハイライトを入れた髪にビーズのついたヘッドバンドを巻いている。私はシンディ・ローパーを連想した。

鑑識ケースを入口脇に下ろし、私は黒いカウンターやモニターに接続された顕微鏡が並ぶ広々としたラボを奥へと向かった。ポスター大の大型モニターが壁を埋め、そこに旋条痕や撃針の痕跡など、顕微鏡の画像が映し出されている。棚やテーブルには、トリガーを引くのに必要な力を測定するための小型のゲージが並んでいた。弾丸の重量や口径を測る秤やノギスなどの測定器もある。

距離測定検査に使って弾丸の穴だらけになった的も積み上げられていた。タイヤ痕や下足痕を写し取った石膏《せっこう》やシリコンが山ほどあるかと思えば、片隅には大胆にも街頭のＡＴＭコーナーから盗まれたＡＴＭが鎮座している。厚紙の箱に入って壁に立てかけられている四枚翼のドローンには、ピストルが搭載されている。近所の住人に腹を立てた犯人が、リモートコントロールで隣人の玄関に向けて弾を発射し、網戸に穴を開けた事件の証拠品だ。

どちらに目を向けても、破壊と殺しのためにカスタマイズ可能な創意工夫に満ちた最新の武器がある。テーブルの上には３Ｄプリントされたナイフや銃、弾丸、ショットガンの弾、アサルトライフルのパーツ、サプレッサーがずらりと並んでいる。近い将来、たいがいの品物が一般家庭で3Dプリントできるようになるだろう。プラスチックやカーボンファイバー、樹脂、ケブラー、鋼鉄やチタンなどの金属といった幅広い素材を使い、誰でも何でも作れるようになる。

「ノック、ノック」私はフェイを驚かさないよう、声をかけながら近づいた。フェイが顔を上げて目をしばたたく。「さっき電話したんだけれど」私はそんな風に、たまには折り返しの電話をしてくれてもいいのではと遠回しに伝える。

「すみません」フェイは椅子の背にもたれ、眼鏡をかけた。「ご存じのとおり、未明に起きたデイナ・ディレッティの自宅の侵入未遂事件で手が離せなくて」

「その事件なら、ひどい渋滞にはまっていたあいだに知ったわ。本人の会見も見た」私は言った。ここの局長に就任して以来、フェイとはすでにいくつかの事件でやりとりしている。最近では、骨董《こっとう》品のライフルを使用した自殺事件で分析を依頼した。

皮肉なもので、銃や大方の武器について広くて深い知識を備えている一方で、フェイ自身は銃マニアというわけではない。フェイにとって銃は、生計の手段にすぎないのだ。銃の展示会や銃砲店をしじゅう訪れてはいても、銃好きでもコレクターでもない。

フェイが情熱をかたむけているのは、コンクールで入賞する腕前を誇るお菓子作りで、作業台の周囲には、想像力豊かにデコレーションされたケーキの写真が額に入れて飾られている。恐竜が闊歩《かっぽ》する、ミントとチョコレートでできた岩と洞穴のジャングル。宇宙飛行士の足跡と旗、着陸船があるバタースコッチの月面。マシュマロのスノーマンがいる冬景色と、青いキャンディの池でスケートをする子供たち。

フェイの人柄をよく知っているわけではない。年齢は三十代で独身、犬や猫は飼っていないが、自宅には海水魚のミニ水族館がある。知っているのはそれくらいだが、ファビアンと交際しているのではと私はひそかに疑っている。ときどき一緒に出勤してくることがあるし、ついこのあいだは駐車場に駐まったファビアンの古いシボレー・エルカミーノのなかで言い争いをしているのを見かけた。

「この事件、一大スキャンダルに発展すると思いますよ」フェイは侵入未遂とされる事件をそう要約した。「聞いて驚かないでくださいね」

「いまだって十分にスキャンダルよ。デイナの家の近所にデモ隊まで出ていたのを見た」私はカウンターに立てかけられた、破れた茶色い紙で覆われた大型の窓に目をこらした。

指紋採取用の粉の黒い汚れが付着している。歯科で型取りに使うポリビニルシロキサン印象材のチューブもある。そばにカメラも数台置いてあった。この窓が証拠として運びこまれて以来、フェイはずっとこの分析に追われていたのだろう。写真を撮ったり、拡大して分析しなくてはならない傷や凹《へこ》みを赤い印象材で型取りしたり。

「ずっと比較検査をしていました」フェイが言う。「誰かが窓をこじ開けようとしたのは間違いありません」

「比較？」私は訊き返した。「窓の工具痕を何と比較したの？　容疑者がいたなんて知らなかったわ」

「警察が比較のために持ちこんだのは、残念ながら——私はデイナのファンなので——デイナ・ディレッティの家で押収された工具なんです」フェイが説明し、私はディスプレイを見つめた。窓は白い枠がついたままだ。

カウンターに敷かれた紙の上に、さまざまな工具が並んでいた。ねじ回し、ハンマー、釘抜《くぎぬ》き。いずれにも〈証拠〉の札が下がっている。

「詳しい分析はこれからですけど、使われたのはそこにあるねじ回しのようです」フェイが言う。「というか、一致したと言ってしまってよさそうです」

比較顕微鏡に接続されたコンピューターのディスプレイ上でファイルを開き、私に画像を何枚か見せた。スチールのねじ回しの平らな刃にある欠けと、窓のゆがんだ金属の掛け金についた工具痕に見られる欠けが一致している。

「このねじ回しはデイナの家にあったもので間違いないのね?」私は確かめた。これが本当なら、デイナ・ディレッティはたしかに大スキャンダルに巻きこまれるだろう。

「そのはずです」フェイが言った。「結論を出すのは私の仕事ではありませんけど、デイナは自分が狙われたと見せかけようとした。つまり、何もかもデイナの偽装ということです。これこそフェイクニュースですよ」

「それが事実なら、デイナは相当にまずい立場に置かれることになるわね」ベントンと渋滞にはまっていたとき見た、何機ものヘリコプターがホバリングしている光景を思い描く。「虚偽の通報や証拠の捏造《ねつぞう》は刑法上の罪になる」それから私は、急遽《きゅうきょ》このラボを訪れた理由を切り出した。「別件でちょっと相談されていることがあって、詳しいことは話せないんだけれど、あなたの知恵を借りられないかしら、フェイ」

「どんな事件ですか」

「閉ざされた空間で二人が撃たれた。砕けた発射体の一部が遺体から見つかったんだけれど、これが珍しい種類のものなのよ」私はそう説明した。

詳細は話せないし、画像も見せられないことを謝った。内密の会議からついさっき戻ってきたところで、画像などは持っていない。そこまでは正直に打ち明けた。フェイの意見を聞きたいのは、専門家でなくては知らないタイプの弾薬のことだ。

「グレーザー・セーフティー・スラッグが使われた事件なんて本当に久しぶり。でも、きっとそれで間違いないと思ってる」私はフェイに話した。「ただし関係者にそう伝える前に、確認を取りたくて」〝関係者〟にアメリカ合衆国大統領が含まれると知ったら、フェイはどんなに驚くだろう。

「写真がないと何とも」フェイが溜《た》め息《いき》をつく。

「現場の検死をライブ配信で見たの。写真がなくても細かく説明できるわ」

「せまい空間でグレーザーを使う動機は理解できます」フェイは言ったが、まさかそれが宇宙船だとは想像もしていないだろう。

「そう」私はうなずく。「閉ざされた空間で自衛のために相手を撃たなくてはならないようなとき、選ぶとしたらグレーザーよね。たとえばアパートの室内や車のなか。相手の動きを止めたい、または殺害したいけれど、散弾や発射体が相手の体を貫通し、壁で跳ね返ったりして、本来のターゲットではない人物に当たるのを避けたい場面で使われる」

「そのとおりです。グレーザーはまさにそのために開発された弾丸ですから。開発当時だったら、ハイジャック犯とか」

「似たような弾丸が新しく市場に出てきたりはしていない？」

「ないですね、私が知るかぎりでは」フェイは言い、砕けた弾丸の画像をスクロールした。「でも、前もって計画していないかぎり、一般には使われないグレーザーを用意しておくのは無理でしょう。となると、撃った人物は、自衛の手段についてあらかじめ熟慮したことになります」

宇宙飛行士はふつう、軌道上に銃を持っていかない。私が終末《ドゥームズディ》委員会のさまざまな報告会で耳にした範囲では、例外は旧ソ連人くらいだ。旧ソ連の宇宙飛行士《コズモノート》は、銃床に鉈《なた》が仕込まれた三連銃身の〝サバイバル〟ピストルを装備していた。しかしこの事件で使われたのはそれではない。それに近い武器ですらない。

とはいえ、フェイにはそういった情報を明かせない。上空五百キロメートルで起きた事件のニュースを今後見聞きしたとき気づくかもしれないが、私から話すことはない。

「こんな感じでした？」フェイはディスプレイに写真を表示して私に見せる。

発射済みの弾丸の断片を写した画像だ。宇宙飛行士二名の遺体から採取したものとほぼ同じに見えた。

「そう、こんな感じ」私は答えた。

「口径はどのくらいだと思います？」

「九ミリ」

「リボルバーではなくてオートマチック拳銃なら、空薬莢《やっきょう》を排出したはずです」

「これは推測だけれど、犯人は現場から逃走する前に、そういったものをすべて回収している」私は軌道モジュール内を空薬莢が浮遊している光景を想像した。ジャレッド・ホートンは、最後の一つまで確実に回収しただろう。そして空薬莢と銃を持って脱出した。しかし、私が目にしたものを理解するのに空薬莢や凶器の銃は必要ない。

「六番の散弾、銅ジャケット、シルバーチップのポリマー弾頭」私はフェイに言った。

弾丸に詰められた散弾は、着弾と同時に分離を始めるよう設計されている。散弾がターゲットを貫通することはほとんどない。つまり、さらに別の誰かに当たるなど、跳弾被害が拡大するリスクを低減できる。

「シルバーのボールチップが動かぬ証拠《デッド》ですね」フェイは〝死〟を連想させる言葉を選んだことに気づいていない様子だった。「グレーザーにはブルーチップとシルバーチップの二種類があって、貫通力はシルバーのほうが高いです。なかの散弾が十二番ではなく六番だから。局長がおっしゃっているとおりのものですね」

言うなれば、冬向きの弾だ。厚手の衣服を貫通させるのに適した弾。その条件には宇宙服も当てはまる。ジャレッド・ホートンは、何が必要になるか事前に計算していたのだ。同僚の乗員を殺そうと明確に考えていたわけではないとしても、万が一の場合はそうせざるをえないと覚悟していた。

「今日は何時ごろまでいる？」私はフェイに尋ねた。ちょうどマリーノから、駐車場で待っているとメッセージが届いていた。

「まだわかりません。もうしばらくはいると思いますけど。例のフェイク事件のおかげで、遅くまで残業することになりそうです」いますぐ帰宅する予定はないようだ。魚たちに会うのを急いではいないし、新しいケーキを焼く予定もない。理由はなんとなく察しがつく。仕事がたまっているせいだけではない。今週はファビアンが遅番だ。フェイが深夜まで残業する理由はそれと無関係ではないだろう。

その直後に受け入れエリアを通ったが、ファビアンの姿はなかった。ワイアットも警備室にいない。搬出入ベイも無人だった。きっと二人は快適で清潔な休憩室でくつろいでいるのだろう。監視カメラの映像を通して私を見ているのだ。そう考えたら、つい口もとがゆるんだ。

真っ暗な駐車場は濃いもやに包まれていた。その奥からマリーノのトラックの地を震わせるようなアイドリング音が聞こえている。まったくの無風で、旗竿《はたざお》のヴァージニア州旗もアメリカ国旗も力なく垂れていた。

「何だってかかってこいっていうその顔。状況を考えると心強いわ」私は助手席に乗りこんでドアを閉めた。

30

マリーノは私と同じように現場向きの服で全身を固めているが、私とは違って、ジャケットの下に防弾チョッキも着けていた。禿《は》げ頭《あたま》にはニット帽をかぶっている。ピストルは、前回見たときと変わらず、私とのあいだのコンソールに置いてある。後部座席に鑑識ケースを積みこんだとき、前夜と同じ追加の銃器と弾丸があるのが見えた。

「いまから現場に行く根拠は私の勘だけなの。だからくどいようだけれどあらかじめ謝らせて。骨折り損になるかもしれない」ブリーフケースを膝に抱える。銃は家の抽斗に鍵をかけて置いてきた。いまこそ持っていたら安心だったのに。「何も見つからない可能性のほうが高そうよ。でもその場合でも、私が出そうとしている結論はまったく変わらない」

「俺だって同じさ。金曜の晩、現場であんたと一緒だったのに、オーガストがキャミー・ラマダ事件にまったく触れなかったってのは驚きだ。遺体の発見現場からすぐ近くにいたのに話さないなんて」マリーノはガムを猛然と咀嚼《そしやく》している。「ぱっと見、二つの事件はそっくり同じってほどじゃないが、あいつがだんまりをきめこんだ理由はそれじゃない」

あいつは自分が首になるってびびってるんだよとマリーノは続けた。そういう例はいくらでもある。とくに連邦機関の捜査官には珍しくない。

「正しいことをやろうとすると、政治家連中から横槍《よこやり》が入るわけさ」

「人の命より、公園をめぐる縄張り争いのほうが大事なんて」私は言う。マリーノはサイドウィンドウからどこかをじっと見ている。

「おい、ありゃ何のつもりだよ」マリーノは顔をしかめた。マギーの古い銀色のボルボが駐車スペースからバックで出て、マリーノのトラックに危険なほど接近した。

「自分は見ているって、私たちに知らせているつもりなのよ」ヘッドライトのまぶしい光が、冷ややかな目でこちらを見ているマギーの表情を一瞬だけ照らし出す。「もう帰るって言ってオフィスを出たはずなのに。四十分も前の話よ。いままでずっとどこにいたわけ？　そのあいだ誰と話していたの？」

「さっき俺が来たときからずっと車に座ってたぜ。電話で何を話してるのか、車のなかなら誰にも聞かれずにすむからだろう」マリーノが答える。廊下で私に電話の声を聞かれていたと気づいたときのマギーの顔が思い浮かぶ。

「もうトラブルは十分でしょうに」私はシートベルトを締めた。「これは冗談じゃなく、彼女は私の首を飛ばすことしか考えていないのよ。この分じゃ、就任から一ヵ月もてば私は幸運なほうね」

「そのバカバカしい騒ぎをベントンは何て言ってる?」

「手の施しようがないところまで来てるって。州知事や州司法長官は、ヴァージニア州の検死システムを——とくにこの支局を立て直すことを期待して、私を任命したのかもしれない。ところが、それを望んでいる人はほかに誰もいないみたいよ。ここに戻ってきたのは最良のプランとは言いがたかったかも」

「そんな奴《やつ》ら、クソ食らえだろ」マリーノに言われるまでもない。「俺たちはな、尻尾巻いて逃げ帰ったりはしない」

「そうね。でも、こっちにその気がなくても、お引き取りくださいって向こうから言われてしまいそうよ。私は迷惑な人間だから」マギーの脅しめいた発言を思い出す。

「私たちがいましようとしていることがそのいい例」マギーに言わせれば、私はもう済んだことをしつこくつつき回さずにいられない。

「俺たちが公園に行く理由をベントンは知ってんのか。あいつも俺たちと同じ考えでいるのか」

「いつもと同じことを言っている。連続犯にはそれぞれ決まった手口、パターンがあり、それは自分だけの妄想を具現化する手段である」私はそう答える。「凶暴なサイコパスには、邪魔が入らないかぎり、毎回同じ儀式を繰り返す者が多い」

「まあ、俺が経験から確実に知ってるのは、何か勘が働いたときは、その声に耳をかたむけるべきだってことだけだよ、先生」マリーノは言った。危険は去った——マギーはいなくなった。

マリーノは首を伸ばし、ミラーで後ろを確かめながら車をバックさせた。パーキング補助カメラの映像は一顧だにせず、ハンドルを力まかせに回して怪物級のトラックの向きを変える。緊張と興奮が高まると、それに比例してマリーノの動作は荒っぽくなる。ほとんど空になった駐車場を出口に向けて走り出す。私の脳裏には、平らにつぶれた一セント硬貨のイメージがこびりついている。

オーガストは手袋をはめた掌にコインを載せ、懐中電灯の光で照らした。表裏はまったく見分けがつかなかった。刻印された文字は一つとして判読できない。リンカーン大統領の肖像もつぶれていた。発行年がわかったのは、あとで拡大画像を見てからだ。亜鉛の銀色にめっきの鮮やかな銅色が大理石模様のように混じり合っていた。発行年は二〇二〇年。焦げ茶や緑に変色した痕跡はなかった。

「列車に轢《ひ》かれていたから、たしかなことは言えないけれど」私は言う。車はセキュリティゲート前で停まっていた。「あのコインが長期間あそこにあったとは考えにくいと思うの。せいぜい数時間じゃないかしら。長くても数日。雨のなかに長く放置されていたら、金属がすぐに変色を始めていたはず」

「さっきも言ったけどさ、勘が働くのは、何か根拠があるからだ」セキュリティゲートのアームが上がり始め、マリーノはそろそろと車を前に進めた。「たいがいは目をそむけたくなるような根拠だろうけどな」車は駐車場を出て走り出した。

「まさに目をそむけたくなるようなことがあの現場で起きたんだと思う」言っているそばから心が怒りで煮えくり返る。「私が考えているとおりのことが起きたとするなら、たとえ職を失うことになろうと見逃すわけにはいかない。人が死んだのよ。〝みんなで見て見ぬふりをしよう〟なんて、絶対に許せない」

「ちょっと落ち着けって、先生。いつもどおり、俺たちできっちり片をつけてやるだけのことだ。エルヴィン・レディなんて無能なクズだ。そういう人間が不相応に出世するのを見ると、反吐《へど》が出そうになる」

「この件が終わるころには、彼がどれほど不相応に出世したか、誰の目にも明らかになっているでしょうね」ホワイトハウスでコーヒーを飲んでいる彼の姿、磨かれた石のように輝いている禿げた後頭部が思い浮かんで、またもいやな気分になる。

「長年のあいだに奴がどれほどの害悪を及ぼしたことか」マリーノは言った。前方の交差点の信号が赤に変わり、車の長い列ができていく。「俺らは昔から言ってたよな。一人をやっつけると、全員をやっつけることになる。目をそらしたり、嘘をついたりすると、別の誰かが痛い目に遭う」

「コロニアル・ランディングの住人の様子はどう？　みんな落ち着かずにいるんじゃない？　だって、自分の家にいても安心できないなんて。しかもそれが夢に見たマイホームだとしたら」

「ああ、大騒ぎだよ」マリーノが言う。

「不運に輪をかけるみたいに、デイナ・ディレッティは〝鉄道殺人鬼《レールウエイ・スレイヤー》〟の特集で当たりを取ろうとあれこれ画策しているみたい」私はフェイ・ハナデーのラボで聞いた話――デイナには自宅の侵入未遂事件をでっち上げた疑いがかかっていること――をマリーノに伝えた。

「やっぱりな」マリーノは言った。「それでもテレビ局はどうせ〝鉄道殺人鬼《レールウエイ・スレイヤー》事件〟とやらの特集を放映するんだろ」

「放映日がいつになるか知らないけれど、世の中がパニックに陥るのは目に見えている」

「まあな。しかし、少なくともタイトルは間違ってねえってことになりそうだよな、鉄道や線路に関する先生の勘が当たってたら」マリーノは言った。「しかし、テレビが騒ぐとますます迷惑だ。そうでなくたってうちの隣人はみんな青ざめてるってのに」

なかには物件を売りに出そうかと検討を始めた住人もいる。不動産価値が下落するのではとみな恐慌に陥りかけている。ドロシーは、一人で家にいるのはいやだと言って、朝からずっとベントンと私の家にいるという。

「そうかと思えば、管理人のクリフ・サロウは、捜査に貢献したくてやたらに張り切ってる。あいつを見てると、なんかいやな予感がしてくるんだよな、先生」

私はセキュリティゲートの録画で聞いたホラー番組のテーマ曲のことを話し、マリーノもオーガストから聴かされたかと尋ねた。

「何度も聴いたよ」マリーノは尾行を心配しているかのように、ひっきりなしにミラーをチェックしていた。「あれもそいつのサイコな妄想のうちなんだろうな。それか、俺たちにそう思わせるための小道具か」マリーノの念頭にあるのが誰なのかは察しがつく。

「大音量でかかっていた『ショック・シアター』のテーマ曲やゲートが開閉したことについて、クリフ・サロウは何て言っている？」私は尋ねた。「サロウはどう説明しているの？　ゲートが開閉した時間帯、管理事務所にいたわけ？　先週の金曜の夜、彼はどこにいたの？」

「フットボールの試合を観てたと言ってる。説明しろって言われても無理だってな。『ショック・シアター』なんて番組は知らないし、ホラーには興味がないって」マリーノが答える。「けど、よけいな説明はいろいろ試みるわけだよ。敷地に出入りするのにボートを使ったんじゃないかとか。車が出入りする音を誰も聞いてねえのはだからだろうと言ってる」

手こぎのボートや小型のモーターがついたボートなら可能ではないかとサロウは言っているらしい。ただ、コロニアル・ランディングの桟橋には防犯カメラが複数台設置されており、グウェンが拉致された時間帯には全カメラがきちんと作動していた。目隠しされていたのは正面のゲートのカメラだけで、クリフ・サロウの説は完全には否定できないものの、説得力は弱い。

「それに、金曜の夜はひどいお天気だったわよね」私は指摘した。車は信号が青に変わるのを待っている。「今日の天気に似てるけれど、ときおり風と雨が強くなった。ボートで移動するのは無理よ。とくに陽が沈んだあとは」

「俺に言わせりゃ、サロウは捜査の目をそらそうとしてるんだよ」マリーノは言った。「それに何より、自分は何も悪いことはしてねえって言わんばかりだ。こうして犯人を捕まえる手伝いをしたがるくらいだから、自分は善玉に決まってるってな」

「グウェンを殺した犯人は、何らかの移動手段を用意していたはず」私は犯人の侵入・逃走ルートに話の焦点を戻した。タウンハウスからデンジャーフィールド・アイランドに遺体を運ぶには、車が必要だ。防犯カメラの録画をラボで分析したら、何かわかることがあるかもしれない。

「その車のエンジンは音が静かなのかもしれない。そうだとしたら、ソフトウェアでその音が聞こえるようにもできる」私は言った。

「クリフ・サロウはプリウスに乗ってる」マリーノが指摘する。「ハイブリッド車なら静かだ」

「その車の捜索はした？」

「ああ、何でも好きに見てくれって言われて、したよ。さっきも言ったが、奴は協力的すぎる」

「ＤＮＡの採取はどう？」

「ＤＮＡと、指紋も採取した」マリーノが答えた。車がまた動き出す。「オーガストと俺で、おまえさんは容疑者じゃねえって言ったわけさ。嘘だけどな。俺たちはあいつが一番怪しいと思ってるわけだから」

「本人はそれを察してると思う？」

「いいや、まったく」マリーノは言う。「警察に好印象を与えるほうに忙しい。コンドミニアムの管理人なんだから、グウェンの部屋に何度も入ったことがあるだろうし、荷物を受け取ってやったりとかもしただろうから、捜査対象から除外するのにおまえさんのＤＮＡと指紋が必要なんだって言ってやったよ」

「それで納得したわけ？　弁護士に相談したいとは言わなかったの？」

「それどころか、鼻の穴広げて大喜びさ」

マリーノの説明によると、オーガストと一緒にサロウ所有のプリウスを徹底捜索したが、疑わしい痕跡は何一つ見つからなかった。しかしサロウは、犯人扱いされたくなければ何をすべきかを考え、あらかじめ対策しておきそうな人物だ。

「犯人は綿密に計画を立てて犯行に及んだとわかってるわけだろう。ほら、セキュリティゲートのカメラに目隠ししたりとか」マリーノはそう付け加えた。

「狡猾《こうかつ》で、自分の計画どおりにはいかないとわかると、急に頭に血が上るような人物」私は言った。「クリフ・サロウを見て、あなたのアンテナが反応したのも当然ね。サロウが四月十日にどこにいたのかぜひとも知りたい。グウェンの発見現場からそう遠くない場所でキャミーが死んだ日にどこにいたのか。サロウがアレクサンドリアに移ってきて数ヵ月後ということね」私はフルーグ巡査から聞いた話をマリーノに伝えた。「フルーグもクリフ・サロウの供述を信頼していないのよ。サロウに疑いの目を向けている」

「知ってる」マリーノが言う。「フルーグが延々と管理人の話をしてたとき、俺もその場にいたろ。フルーグは骨を見つけた犬みたいだな。いったん食らいついたら離さない」

「私たちはみんなそうよね。事件のことが片時も頭を離れなくなる」

「まあな。キャミーは無残に殺されたらしいのに、当時は誰もろくすっぽ捜査をしなかった」マリーノがガムを窓から捨て、冷たい風が車内に吹きこむ。

「判断ミスもいいところよ」私は断言する。

車はキング・ストリートを走っている。私たちは前夜とまったく同じルートをふたたびたどっていた。霧が濃くて、まるで雲のなかを車で走っているようだ。

「マジな話」マリーノが言う。「聞けば聞くほど異常に思えてくる。誰がランニング中に溺死するんだよ。キャミーは夜に公園のあんな場所で何してたんだよ。なんでランニングコースをはずれた？　何か異変が起きて、前後不覚になって、ふらふら川岸に行っちまったなんて話、俺は信じねえよ」

「キャミーには側頭葉てんかんの持病があった。おそらく生まれつきのもの」私はマリーノに話す。「運動に誘発されて発作を起こし、川辺で意識を失って溺死したことになっている。たしかに、方向がわからなくなったり、意識が朦朧《もうろう》としたりはしたかもしれないけれど、それが死の原因ではない。何者かが彼女を殺したんだと思う」

「何者かに襲われて、それがきっかけで発作を起こしたって可能性は」

「前触れもなく襲われたら、そのストレスが引き金になって発作を起こした可能性はある」私は答えた。驚いて犯人から全力で逃れようとするキャミーの姿を想像する。

「実際はそういうことだったんじゃないかと私は考えている。キャミーはそれをきっかけに痙攣の発作を起こした。襲った犯人は、想定外の事態によって計画を邪魔された」

「で、犯人はどうしたんだと思う？」

「キャミーの頭を地面に打ちつけた。少なくとも三度。それから溺死させた。遺体の歯が折れていたし、頭骨も割れていた。出血を伴う脳損傷は三ヵ所あった。それから、指先で圧迫したと見える痣が、首、手首、上腕に残っていて、手指の爪も割れていた」私は報告書の記述を思い返しながら言った。「膝には打撲傷があった」

「どれも古い傷じゃないんだろう」マリーノが言う。

「遺体の写真を見るかぎり、痣は鮮やかな赤い色をしていた。つまり、死亡時刻と同じかその前後についたもの」

「くそ」

「頭部の損傷がてんかんの発作の結果だなんて、まったく考えられない。そんな事例、一つも見たことがない」

「てんかんだってことまでは知らなかったが、健康上の問題があったって話は出てたな。それがてんかんだったわけだ」マリーノは言った。「ニュース記事からは詳細がほとんどわからなかった。ルーシーも見つけられない。ソーシャルメディアにもほとんど情報がない。キャミーの事件に誰も興味を持たなかったのか？」

「それも偶然じゃないのよ、残念ながら。エルヴィン・レディはキャミーの事件に注目を集めたくなかった。ひっそり葬ろうとした。フルーグ巡査がいまだにあちこちでその話を持ち出していなければ、そのまま忘れ去られていたかもしれない」

「たしかにそうだ。俺が七月に事件のことを聞いたのも、噂《うわさ》好きな隣人からだったよ。フルーグは毎日のようにオールド・タウンをパトロールしてるし、あんたもよく知ってるとおり、おしゃべり好きだ。それで俺とも知り合った」マリーノが言う。私にも想像できる。

「当ててみましょうか。彼女のほうから自己紹介してきたんでしょ」私は言い、新しいメッセージが届いていないか携帯電話をチェックする。

ドロシーから一通届いていた。ハラペーニョの瓶詰めをどこかに隠していないかという問い合わせだ。ルーシーと二人でチリコンカルネを作っているらしい。私はふいに空腹を感じた。

「シェルのスタンドでハーレーにガソリンを入れてるときだったな」マリーノが言い、私は食べ物のことを考えまいとした。「フルーグは俺がどこの誰だか知ってて、すぐ後ろに車を停めて、アレクサンドリアにようこそと話しかけてきた。新しいシェリフが来たみたいなものだ、これで街が変わるならうれしい、とな」

マリーノは昔懐かしいガムの復刻版の包装を剝がした。今度のフレーバーはティーベリーだ。私のおなかが鳴る。

「フルーグは、俺らが引っ越してくるって知ってたんだよ」マリーノが続ける。

私は差し出されたガムを丁重に断り、私が把握しているかぎりではハラペーニョは切れているとドロシーに返信した。先週ドロシーがナチョスを作ったときに使ったのが最後だった、買い足しておくと自分が約束したではないか、忘れているのかもしれないけれど、いま仕事中だからその件で何度もメッセージをよこさないでほしいと付け加える。

〈地下のパントリーにもないの?〉ドロシーからまたメッセージが届く。ドロシーの言う〝地下のパントリー〟とは、地下室にある棚で、私はそこに缶詰などをあふれんばかりにストックしている。

〈自分で見てみれば。おそらくないと思うけど〉私はそう返事をし、マリーノとドロシーがこの夏、コロニアル・ランディングに新居を購入して引っ越した当時の記憶をたどった。

「あなたとドロシーは、私やベントンが来る数ヵ月前からオールド・タウンに住んでいた」私は言った。「フルーグなら、たとえまだ引っ越してきていなかろうと、新しい住人のこともきっちり把握していそうよね」

フルーグは警察官だ。それもおそろしく仕事熱心な。彼女を見ていると、遠い昔、初めて会ったころのマリーノを思い出す。二人とも、自分にとって十分な動機があるなら、どんな手段を使っても手に入れたい情報をかならず手に入れる人間だ。それに、人は噂話が好きだ。アレクサンドリアはそれなりの人口を抱える都市だが、オールド・タウン地区の人口は一万人に満たない。

「オールド・タウンの不動産の購入を予定しているのが誰なのか、調べるのはそうむずかしくないわよね」私は言った。車はアイヴィ・ヒル墓地の前を通り過ぎた。墓地は霧に完全にのまれていて、昨夜の嵐で倒れた巨木や墓碑さえ見分けられない。

「私たちが引っ越しを計画していることをフルーグがどうして知ったのか、可能性は無数にある」私はマリーノにそう指摘する。「わくわくしながら私たちの到着を待っていたんじゃないかしら」

「あいつ、俺のリッチモンド時代を知ってるんだ。俺が殺人課を率いてた当時を知ってるんだよ」マリーノが言う。「あんたのことも覚えてるし、ルーシーやベントンも含めて、身近な顔ぶれもひととおり覚えてる。ドリスやロッキーのことまで訊かれたよ。あれからどうしてるのかとか」

31

ドリスはマリーノの幼なじみで最初の奥さんだ。ドリスが車のセールスマンと駆け落ちしたとき、マリーノはこのまま二度と立ち直れないのではと私は心を痛めた。二人のあいだの一人息子ロッキーは、長じて冷酷な犯罪者となり、自分の父親を殺そうとして非業の死を遂げた。フルーグはきっと、情報をせっせと掘り返したのだろう。自分の領空に新顔を認めたとき、誰もがすることだ。

「私たちのことを調査したからといってフルーグを責める気はないわ」私はマリーノに言う。「調べないほうが愚かでしょう。それに、彼女は実は孤独なのよ。周囲に認めてもらいたい気持ちが強い」

その気負いがあるから仕事に熱心で、自信ありげな態度を取るのだろうと私は話す。亡くなったお父さんは長老派教会の牧師で、私の記憶ではとても気難しい人だった。

「お母さんがどんな人かは知ってるわよね。キャリアと悪評に取り憑《つ》かれているような人。ここから数時間の距離に住んでいるけれど」私は付け加える。「きっとほとんど会っていないんじゃないかしら」

「フルーグに恋人がいるとも思えねえしな」マリーノが言った。「ア・リーグ・オブ・ハー・オウンに入り浸ってるが、いつも一人だ。ちなみに、映画の話じゃないぞ〔A League of Her Own は映画『プリティ・リーグ』の原題にも引用されているフレーズ〕」

マリーノが言っているのは、ワシントンDCにあるレズビアンが集まるスポーツバーで、フルーグはよくそこで野球のビデオを見たり踊ったりしているという。二年ほど前にルーシーやジャネットと顔見知りになったのもその店だ——マリーノは自分が聞いてきた話を私に伝えた。

「いつ聞いた話？」私は尋ねた。

「フルーグはゆうべ、あんたを家に送ってったあと、グウェンの部屋にまた来たんだよ。オーガストと俺のあとをついて回りながら、ノンストップでしゃべりまくった」マリーノが答える。「エルヴィン・レディをバカ呼ばわりしてたな。奴が検屍局長だったころはみんな怖がってたし、州保健局長官になってからもそれは変わってねえって。誰も何もしゃべろうとしないのは、怖いからだって」

「エルヴィンはバカじゃないわ」私は言った。「そうだったら、話はもっと簡単だっただろうけど」

「キャミー・ラマダ事件を意地でも殺人にしようとしなかった。バカ決定だろ」

「それで話が終わればまだよかった。でも、同じ公園で別の被害者が見つかった」私は言った。「今度は喉をかき切られたうえに両手を切断されて、あろうことか線路脇に遺棄されていた。四月の時点で犯人を捜していたら防げたかもしれない事件よ」

「キャミーはランニング中に襲われた。その八ヵ月後にグウェンの死体が同じランニングコースのすぐ近くに遺棄された」マリーノが言う。「そうなると、元カレだの、スパイ組織に消されただのって話は消える。俺たちが捜さなくちゃなんねえのはテッド・バンディだよ。ナイト・ストーカーだ。ジェフリー・ダーマーだ」

マリーノが連続殺人者のトップ3として挙げる名前は昔から変わらない。そして少なくともこの三人の連続殺人者は関心を寄せるに値すると付け加える。パイプ爆弾を仕掛けたり、国会議事堂を襲撃したり、食料雑貨店でピストル強盗を働くような臆病者どもとはわけが違うぞと言う。

「心配していることは、あなたも私も同じだと思うの」私はトラックの特大のタイヤが立てるごとごとという低い音に負けない声で言った。タイヤからの連想で、マリーノが迎えに来るのが遅れたことを思い出した。「このトラック、調子が悪かったりしないでしょうね。途中で路肩に車を駐めてタイヤ交換なんて羽目にならないわよね？

だってこの天気のなか、人気《ひとけ》も何もない場所に行こうとしてるのよ」

「今度もまたセンサーがいかれただけだ」マリーノはデフロスターの風量を上げた。霧雨が降りだして、商店や車のライトがにじみ始めていた。「ランフラットタイヤに交換しようかとも考えてる。そしたらもう心配しないですむものな。けど、乗り心地が犠牲になるし、タイヤの減りも早い」

賭けてもいい。近い将来、マリーノはやたらと値の張るエアレスタイヤに交換するだろう。それがクリスマスの贈り物の一つになるかもしれない。ドロシーはマリーノが欲しがるものをかならず買い与える。これほど退屈そうにしているマリーノは過去に見たことがない。ただし今夜にかぎっては、ふだんより背筋が伸びているし、活力と生気をみなぎらせている。マリーノの声にここまで反骨精神を感じるのは久しぶりだ。

「ところで、今日、検屍局にちょっと寄ってみたんだが……」マリーノがそう言いかけたとき、私の電話が鳴り出した。

「今度は何なの？」画面に表示された発信者を見て、私は小さな不安を感じた。「ごめんなさい、出たほうがよさそう」マギーの電話に応答する。胃袋が締めつけられた。

「ドクター・スカーペッタ？　お取り込み中でしょうから、手短にすませます」マギーの尊大な声がスピーカーフォンから流れ出す。「ドクター・レディが明日の朝お目にかかりたいそうです。あなたの明日の予定はすべてキャンセルしておきました」

「マギー、勝手にそんなことされると困るの」私は不快感を露にして言った。頭のなかでサイレンが鳴り響いていた。

私は解雇されるのだ。

「私の知るかぎりでは、私たちは州保健局長官の指揮下にあるはずですよ。あなたも含めて」マギーが言う。行く手にジョージ・ワシントン・メソニック国定記念塔が亡霊のように浮かび上がった。クリスマス時季には赤と緑にライトアップされているはずだが、霧にかすんでよく見えない。「リッチモンドに来るようにとのことです」

さっき廊下を歩きながら電話で話していた相手はエルヴィン・レディなのだ。そうではないかと疑ってはいたが。私は怒りが爆発しないよう押さえつけるだけでやっとだった。

「私がじきじきに会いに行かなくてはならないような急用って何かしら」私はそう尋ねる。答えはわかりきっていたが。

エルヴィン・レディは、私の顔を見て解雇を言い渡したいのだ。もしかしたら観客、がいる前で。そしてお気に入りの記者にそれをセンセーショナルに報じさせるに違いない。それどころか、マスコミにはもうその情報が伝わっているのだろう。

「私から申し上げられるのは、ただでさえお忙しいドクター・レディがご自分の予定を変更されたほど重要な用件だということくらいです」マギーはいまもエルヴィンの下で働いているかのような口調で言った。「午前十時にいらしてほしいとのことでした」

「朝のその時間帯にリッチモンドに行くとなると、何時間もかかる」私は言った。

「ドクター・レディだってよくご存じのはず。あなたもね」

私は通話を終え、携帯電話を乱暴に膝に置いた。

「もういや！　うんざりよ」怒りが沸騰してあふれ出しそうだ。

「十時となると、夜明け前に出発しないと間に合わないな」マリーノは自分も一緒に行く前提で言っているとわかった。私は反論しない。

「そんな暇はないのに！」

「誰だってそうさ。朝から晩まで渋滞にはまって過ごすことになるぞ。まあ、それが向こうの狙いなんだろうが」

「嫌がらせのため、自分の権力を見せつけるために、あれこれ命令してきてるだけよ。でも、それならそれで受けて立つわ」私は携帯電話のアプリで天気予報を確かめた。

「奴の魂胆が読めてきたぞ。俺らがあわてふためいて駆けこむだろ。そうしたらわざと長い時間待たせるんだよ」マリーノはそう予言する。ああ、ますます腹が立つようなことを言わないでおいてくれたらいいのに。「で、ようやく呼ばれたと思ったら、用件はたった二分で終わるんだ。二分であんたをこき下ろして、あんたに恥をかかせて、立場をわきまえさせる」

「もうやめて。聞いてると怒りで頭がおかしくなりそう」

「仕返しは怖《こえ》えよな」

「何の仕返しよ？」

「あんたがあんたでいることへの仕返し。奴にへいこらしないことに対する仕返し。いやそれより、あんたを買収できないことが気に入らないんだろ」

「どうせならもっと嫌われてやる」私は強気に言った。「明日の天気予報を確かめた。日中はだいたい晴れで雨の心配なし。最高気温は九度の予想。夕方から風が強まって弱い雨が降るかもしれないけれど、それまではいいお天気が続く」

私は自分が何を画策しているかマリーノに説明しながら、明日の朝、ヘリコプターを使えるかどうか尋ねるメッセージをルーシーに送った。もしお願いできるなら、マリーノと私を乗せてほしいと頼む。私たちの家からすぐのレーガン・ナショナル空港を発着できればなおありがたい。

「もちろん、この一帯は飛行制限空域だから、運輸保安庁（TSA）の職員に同乗してもらわなくちゃならない」私はマリーノに言う。「でも、ルーシーはそれくらい慣れっこよ」

「腕が錆《さ》びついてなきゃいいけどな」地下鉄駅近くの踏切《ふみきり》にさしかかって、車はスピードを落として一時停止した。地霧が魔女の毒薬のように渦巻いている。「こっちに越してきて以来、ほとんどヘリを飛ばしてないだろ。前に比べると回数がぐんと減ってる」

左右を見て列車が近づいていないことを確かめ、車体を揺らしながらゆっくりと線路を渡る。ここから数キロ北、キャミーやグウェンがランニングコースにしていたマウントヴァーノン・トレイルと平行して走っているのと同じ線路だ。

「ルーシーの操縦スキルを疑うなんて、いったいいつから？」私はマリーノに訊いた。マリーノにとって、つらい心のうちを吐露するのは簡単なことではない。

マリーノは、ルーシーが十歳の子供だったころから知っている。マリーノに言わせれば、ルーシーが知っていることはすべてマリーノが教えたのだ。私たちはたくさんのことを一緒に乗り越えてきたが、いまほど深い傷を負ったルーシーを見るのは初めてで、その心の痛みを癒やしてやれないのがやりきれない。

「いや、現実を直視しようぜ。ルーシーはパンデミックが始まって以来、ほとんどヘリコプターを飛ばしてないんだよ、先生。それ以前のルーシーとは変わっちまった」

家族を亡くすと同時に、〝ルーシーらしい輝き〟まで失ってしまった。

いまのルーシーを表現するのにマリーノが繰り返し使う言葉がそれだ。以前はあれほど情熱をかたむけていたものごとに、ルーシーはすっかり関心をなくしている。たとえばヘリコプター。いまは格納庫にしまいこまれている時間のほうが長い。オートバイもマリーノのガレージに置きっぱなしになっている。何台ものスーパーカーも倉庫に預けられたままだ。ほかのいろんなことが似たような状況にある。

〈了解〉ルーシーから、親指を立てた絵文字つきで返信があった。私は何重もの意味でうれしくなった。

「明日の朝の空飛ぶ馬車を予約できた」私は言った。

「あんたがヘリで来たなんて一部の連中に知られてみろ、ますます立場が危うくなるぞ」マリーノはこらえきれないといった様子でにやりとした。

「だからこそヘリで行かなくちゃ」私は言った。車はプリンス・ストリートで赤信号に引っかかった。

ヒルトン・ガーデン・インが前方に見えている。検屍局を出発してそろそろ二十分がたつのに、ほとんど進んでいない。

「しかも今日、ホワイトハウスに行ったばかりときてる」マリーノが言った。「ますます気に入らねえって奴もいるだろう。その筆頭がエルヴィン・ザ・チップマンクだな〔アニメ映画の歌うリスの三兄弟「アルヴィン＆チップマンクス」のもじり〕」

「どうしてホワイトハウスに行ったことを知っているのよ」この世にもはや秘密などというものはないのだとあきらめるしかない。

「それがさっき言いかけた件だよ。今日、検屍局に行ってみたんだ。あんたが一日留守だなんて知らなかったから」

「急な会議にベントンと呼ばれたの」マリーノには、詳しい話はできないと繰り返す必要はない。

「あんたは忘れてるのかもしれないな。まだちょっとぼんやりしてたみたいだから」マリーノが言う。「ゆうべ、俺がワインのボトルだのなんだのを持ってあんたの家を出るとき、あんたはこう言ったんだ。明日はふつうどおり仕事をするつもりだって。明日には絶対に治ってるからって」

「そのつもりだったのよ。シークレットサービスから連絡が来るまでは」私は言う。信号が青に変わった。

「だからオフィスにいるもんだと思って、検屍局に行ってみたわけさ。頼りになる法医学運用スペシャリストの仕事をさっそく始めてみるかと思ってな。けど、初日はさんざんだった」

「私がホワイトハウスに行ってるって、誰から聞いたの?」私はきっとマギーだろうと思いながら訊いた。「誰にも話していないのに。ドロシーやルーシーにも言っていなかったのよ」

「あんたのアシスタントだよ。ほかに誰がいる? 建物の鍵を渡してくれなかったのもアシスタントだし、俺が検屍局長の補佐をするのに使える部屋も空いてないって言ったのもアシスタントだ」

「部屋ならいくらでも空いているわ」前任の局長は、局内のポストが空いても新しい人員を補充しようとしなかったのだ。「オフィスにも駐車スペースにも空きがある。鍵は私が手配するわ。マギーの対応を代わりに謝らせて。でも予想できたことよね」

「何から何までコントロールしなくちゃ気がすまない人間らしいな。それだけはよくわかった」

「そうでなくちゃやってこられなかったんだと思うの。長年、エルヴィンが政治活動やらアフターファイブのマティーニやらに忙しくしているあいだ、いろんな意味でマギーが局長代わりを務めていたから。日常の業務を誰かが引き受けなくちゃならなかった。電話を取ったり、問い合わせに答えたり」

「自分が警察署を仕切ってるつもりになってるハツカネズミ」マリーノの車は、オールド・タウンの中心街にさしかかっていた。すっかりおなじみになった建物がそこここにある。

すぐ先に見えているのは、本当ならもっと頻繁に通いたいと私が思っているカトリック教会だ。その向かいに、シェルのガソリンスタンド。コロニアル風の煉瓦の建物は、私たちが食料品の買い出しによく行くスーパーマーケットのハリス・ティーターだ。そしてホットドッグ店オート・ドッグス・アンド・フライズはベントンと私の、やましいけれどやめられない楽しみの一つで、マリーノはオーク・ステーキハウスの大ファンだ。

「今日、あなたが予告なしに検屍局に行ったとき、誰がなかに入れてくれたの？」私は訊いた。

「ゲートでブザーを鳴らしたら、ワイアットが出てさ。ちょうど搬出入ベイで遺体の受け入れを手伝ってるところで、あんたのオフィスに行ってみてもかまわないって入れてくれたんだ。話してるうちにわかったんだが、兄貴がリッチモンド市警の刑事で、俺も知ってる奴だった。ところで、検屍局のセキュリティはざるだな」

「そうね、ちゃんとしていたら、私のオフィスがある階まであなたがすんなり行けたわけがない」

私はマギーのオフィスに寄ったのは何時ごろだったかと尋ねた。そのときのマギーの表情が頭に思い浮かぶ。

「正午だな」マリーノが答える。ホワイトハウスのウェスト・ウィングの食堂《メス・ホール》で私がエルヴィン・レディを見かけたのは、それより前だった。

私が来ているとどこかから聞きつけたのだろう。そして当然のことながら、元アシスタントに連絡したわけだ。よいときも悪いときも二十年にわたって忠実に仕え続けた元アシスタントに。実のところ、上司と部下という二人の関係はいまも続いている。私はふと思った。マギーはストックホルム症候群にかかっているのかもしれない。

マギーは加害者に自分を重ね合わせ、エルヴィンが自分を扱ったのと同じように私を扱っている。私だって世間を知らないわけではない。局長職を受諾したとき、マギーも抵抗勢力の一人だろうと覚悟はしていた。しかし愚かなことに、あるいは傲慢なことに、彼女を味方につけられるつもりでいた。彼女に公平に接し、快く権限を委譲する姿勢を示せば――理想の上司らしくふるまえば――マギーも敵意を忘れてくれるはずだなどと思い上がっていた。

そう、自分のことしか頭にないうえに何かと背伸びをする女性蔑視の上司から解放されて、どれほど幸せか実感するに違いないと私は思っていたのだ。ここで仕事を始めたばかりだったあのころを再現できるかもしれないと期待していたのかもしれない。しかし、それは賢明なことではないし、私が心の底から望んでいることでもない。私がヴァージニアに戻ってきたのは、ノスタルジアゆえではない。公共の利益に尽くし、問題を解決する一助となるためだ。

古きよき時代は、結局のところ、そこまですばらしいものではない。マギー・カットブッシュはこの先も決してローズにはならない。過去は過去だ。しかし、記憶まで消えてしまうわけではない。それに悲しいことではあるが、女同士だからといって、かならずしも気が合うわけではない。縄張り意識や競争心が強すぎる女もいれば、男にしか仕えない女もいて、だから私が前局長から引き継いだようなきわめて有害な職場環境が作り出されるのだ。

「エルヴィンは、私がホワイトハウスに来ていると知って、大いに機嫌をそこねたでしょうね。だから真っ先にマギーに電話して、私は何をしに来ているんだと訊いた」私は説明した。車はもうアレクサンドリア北東部を走っている。

ポトマック川沿いに北へと進む。私たちは赤信号に捕まってばかりのタイミングにはまってしまっているようだ。

「あんたやベントンがホワイトハウスで何をしてるかまでは言わなかった」マリーノが言う。

道路から目を離さないようにし、片手でハンドルを操り、さらにもう一方の手でまたガムを口に放りこむ。ながら運転を叱ったところで無駄だ。

「俺は訊いたんだけどな、あんたのアシスタントは教えようとしなかった」マリーノが付け加える。

「それは知らないからだと思う。エルヴィンもきっと知らない」私は言った。「ともかく、二人とも知らないことを願うわ。もし知っているなら、どこかから情報が漏れているわけだから、大統領が頭を抱えることになる」

「今日、大統領と会ったのか？　あんたをご指名で会いたいと言ってきたのか？」

「私が言いたいのは、内密の会話ができないようでは国の安全保障が脅かされるということ」それ以上のことを明かすつもりはない。

「トップシークレットの会議に突然呼び出されるくらい重大なことが起きたんなら、俺に話してくれてもいいだろうに」マリーノはもっとガムがないかと灰皿を探っている。シュガーレスのガムで幸いだ。でなければいまごろマリーノの歯は一本もなくなっているだろう。「ほら、あんたがインターポールから毒入りワインを持って帰る以外に、俺が心配しなくちゃならないことが起きた場合に備えて」

「私やあなたが心配しなくちゃならないことは、ほかに山ほどあるように思うけれど、マリーノ」

「そう思うってことは、俺たちは昔に戻ったってことだな。ワニだらけの危ない川を、流れに逆らって二人で泳いでるってことだ」ガムを何枚か見つけて包装紙を剝いた。フレーバーはまたもクローブだ。マリーノがガムを私に差し出す。

「そうね。一服したいところかも」私はガムを受け取った。トラックのなかにポプリのような香りが満ちた。

「ときどき煙草《たばこ》が吸いたくて死にそうになることがあるよ、先生。いまなんかもそうだ」マリーノが言う。

「その気持ちはよくわかる。嘘じゃない」

「非常時に備えて、マールボロを一箱隠してるって言ったらどうする?」

「いま言ったことは聞こえなかったって言うわ」

「いまでも煙草が恋しくなったりするか」

「ええ、それこそ毎日ね」

「だよな」マリーノは言った。「一本でいいから吸いてえ! なあ、こうしようぜ。一本だけ火をつけて、二人で吸おう」

32

「絶対に一本じゃすまなくなるとわかりきっている」私は言った。二人ともガムを嚙んでいる。

「吸いてえって衝動はそのうち消えるだろうと思ってた。ところが現実には悪化するばかりだ。認めたくはないがな」ドロシーと結婚して以来、マリーノはそればかり言っている。

マリーノが求めているのは煙草だけではないはずだが、本人はそれを正直に認めようとしない。数年前にドロシーと真剣な交際を始めたころ私の目に映っていたものに、マリーノ自身は気づかないふりをしていたほうが気楽だからだ。ドロシーにとって、マリーノは次に取り組むべき課題だった。きらきら光り輝く目新しいトロフィーだった。

私が口出しをすることではないし、私は二人をほかの誰より応援していたが、不安がないわけではなかった。マリーノは息苦しく感じ始めるのではないか。他人の感情を吸い取るクモのように、ドロシーはマリーノの活力を吸い取ってしまうのではないか。過去にドロシーと交際した相手は例外なく同じ運命をたどった。マリーノはその運命を免れるのかもしれない。しかしそれは私の決めることではないから、よけいな口を出さないようにした。

ケンブリッジのベントンと私の自宅の裏庭で、キリスト教の聖職者として二人の結婚式を執り行いたいがために、通信教育まで受けた。二人がうまくいってくれたらいいと思った。二人が結婚すればややこしいことになるのはわかっていたが、どうでもよかった。何よりもマリーノに幸せになってもらいたかった。私と知り合って以来、マリーノはずっと、ニュージャージー州の決して恵まれているとはいえない地域での子供時代から抱えてきた心の穴を埋めようとあがいてきた。

穴を埋めるすばやさにおいて、ドロシーの右に出る者はいない。ドロシーほど胸をわくわくさせる者もいない。ドロシーはマリーノにあふれんばかりの愛情を注いでいる。お金も十分すぎるほど持っている。しかし、私と仕事上の相棒でなくなったときマリーノが失ったものは、お金では置き換えられない。

「ごめんなさい。ベントンと私がワシントンDCで何をしていたかは言えないの。あなたに全部話せてしまえたらいいんだけれど」私は前に連なる車のテールライトにほのかに照らされた、煙草が吸いたいと思いながらガムを嚙んでいるマリーノの力強い

横顔を見やった。

欲しいものが手に入らない切なさは私も知っている。子供のころ、癌《がん》で余命いくばくもない父の世話をしながら、父がよくなればいいのにと思った。ほかの何よりもそれを望んだ。もっとずっと一緒にいたかった。その願いはいまも忘れていない。

「俺だって世間を知らないわけじゃない」マリーノが言った。「あんたとベントンがホワイトハウスに呼ばれた件と、俺たちがいま向かってる現場には、何か関係があるのかなと思ってるだけだ。アレクサンドリアで起きてるあれこれに注目が集まるのは、グウェン・ヘイニーのスパイ行為のせいなのかなとか」

「量子物理学の研究者はみんなこう言うの。万物はつながっているって」私は言った。窓の外にマウントヴァーノン・トレイルが走っている。すぐ先には真っ暗なデンジャーフィールド・アイランドが横たわっている。「グウェンの違法行為が間接的な原因になって、たくさんの惨事が引き起こされた。そのことも本当はあなたに話してはいけないわけだけれど」

「おかしなもんだよな。グウェンを殺した奴は、グウェンがそんなことをしてたなんてまるで知らなかったかもしれない。グウェンを標的に選んだ理由はそれじゃないのかもしれない」マリーノが言った。そのとおりだと思いながら、私はグウェンの部屋に残されていた品々を思い浮かべる。

「グウェンはスパイだったと犯人は知らなかったとすると、動機は何なのかしら。ノートパソコンや電子デバイスを持ち去らなかった理由は何？　財布に入っていた数千ドルの現金も盗まれていなかった」私は指摘した。

「狩りのスリルに気を取られてたんだろう。盗みが目的だったわけじゃない。実際、持っていったのは携帯電話だけのようだしな」

「キャミーの携帯も発見されていない」私は言った。車は公園に向かう道に入った。公園を出入りする唯一の道をたどる。冬に備えて薄いビニールでシュリンクラップされて係留されたボートのシルエットがぼんやりと見える。乾ドックに入れられているものも多いが、同じくらいの数のボートは水上にある。駐車場はどこも空っぽで、建物に明かりはなく、私たち以外に人がいる気配はまったくない。

「おっかねえな」マリーノは慎重に車を進めた。霧は地表を這うように覆っている。それでも霧雨がやんだだけましだ。「俺ならこの時間にここへジョギングになんか来ないよ。来る奴の気が知れないな。とりわけ女が一人で来るなんて」

「人は誤った安心感にだまされるのよ。玄関を開けっぱなしにしたり、窓の鍵をかけずにおいたり。電話を貸してくれと頼まれて見知らぬ他人を家に入れたりもする。最近だと、個人情報をネットに上げてしまったり」

　森は向こうがまったく見えないほど鬱蒼としている。公園警察がパトロールに使う細い連絡道路がそこを縦横に走っている。公園警察が存在感を示すのは、大勢が集まる集会が開かれるときや、大統領のパレードのルートにジョージ・ワシントン記念パークウェイが含まれるときくらいだ。

　警察でも公園に常駐するのは不可能だ。この条件では、公園警察を含め、誰かと会うことはないだろうと思っていた。照明が設置されているのはフィットネス用に舗装されたコース沿いだけで、その道もサイクリストやランナーがようやくすれ違える程度の幅しかない。鉄の街灯の明かりは霧に包まれた暗闇を弱々しく押しのけているだけで、これだけ視界が悪いと、足もとによくよく注意していなくては危ない。

「待ち伏せしてる奴から見りゃ、ここに一人で来るなんて、襲ってくださいって言ってるようなもんだな」マリーノは野原の近くに車を駐め、ヘッドライトを消してエンジンを切った。

　しばし二人とも無言で窓の外を見ていた。波のようにうねる霧に覆い隠された川の方角に目をこらす。キャミーの靴が脱げたのも、川で溺れたのも、ちょうどこのあたりだ。キャミーが自ら望んで川岸に行ったわけではない。いままでわずかに疑念が残っていたとしても、これできれいに消えた。

「こうして現場を見渡せばわかることだわ」私はマリーノに言った。「この事件の何がおかしいか、見誤りようがない。たとえほかのことには説明がついたとしても、キャミーが森のこちら側に来た理由、川に顔を浸《つ》ける姿勢で倒れていた理由には、合理的な説明をつけられない」

「誰かと待ち合わせてたなら別だがな」マリーノは考えこみながら言った。「犯人は知り合いだったたって可能性は考えられなくもないだろ。その相手とここで逢《あ》い引《び》きの約束でもしてたのかもしれない」

「それはないと私は思う」ガムをティッシュにくるんでジャケットのポケットに入れた。こうして手本を示したところで、マリーノは従わないだろうが。「誰かに会いに来たなんてありえない」私はドアを開けた。

そろって車を降りた。ここから三キロほど北のレーガン・ナショナル空港を離着陸するジェット機の轟音《ごうおん》が襲ってきたが、姿は見えない。背後には森が広がっている。そこを自ら選んで走り抜ける人はいないだろう。日没後となれば危険だらけだ。とくにパニックに陥っているときは。

キャミーは低木の茂みをかき分け、木々のあいだをすり抜け、あえぎ、もしかしたら悲鳴を上げたかもしれない。だが、その音や声が届く範囲には誰もいなかった。キャミーが闇雲に走る姿が目に浮かぶ。木の枝や何かに叩《たた》かれてあちこちに痣を作りながら、いまマリーノと私が立っているこの開けた野原に飛び出してくるキャミー。

「四月十日は朝からずっと雨が降っていて、夕方からは曇りだった。月の光はほとんど届かなかった」私は天気アプリをまたチェックしながら言った。「ランニングコースをはずれたあとは、ほとんど何も見えなかった」

「パニックになって、でたらめに走り出した」マリーノはトラックの後部ドアを開け、私の鑑識ケースを下ろした。「川岸のここに来た理由はそれくらいしか考えられない。誰かから逃げようとしたんだよ」

マリーノは強力な懐中電灯を二つ用意し、拳銃をパンツの後ろ側にはさんだ。私たちは野原を歩き出した。干潮の川の静かな水音が聞こえている。岸に沿って細く伸びる砂地を懐中電灯の光でたどった。そこをランニングする人はいない。ビーチと呼べるほどのものではなく、泳いだり日光浴をしたりしたいなら、誰だってほかへ行くだろう。

この公園はランニングやサイクリング、ヨット、ピクニック、恋人とデートの場として人気がある。ボートで川をクルーズする人もいる。ハクトウワシやタカ、キツツキ、ヒドリガモ、ムシクイなど、夜行性も含めた鳥のウォッチングも兼ねて自然散策をする市民も多い。森のどこかでフクロウがほうと鳴いた。それに応えて、別の一羽《わ》がくつくつ、ひゅうと鳴き、そのやりとりに思わず全身の産毛《うぶげ》が逆立った。

「キャミーの遺体が発見されたのは、ちょうどこのあたりね」私は懐中電灯の光で指し示す。「現場写真では、公衆トイレがあのあたりに見えた」私は建物や近くの駐車場を指さした。ようやく暗闇に目が慣れ始めていた。

潮の満ち干によっては川岸近くの水位は浅い。さっき目を通した報告書の内容を思い返す。キャミーはうつ伏せに倒れていた。顔を一方に向け、上半身は川の水に浸かっていた。長い髪は水面に広がって揺れ、腕と脚は曲げていた。

「服はすべて着たままだった。ランニングタイツ、Tシャツ、ジャケット。乱れて汚れてはいたけれど、脱がされてはいなかった。右の靴だけは例外で」私は資料で見たとおりの説明を続ける。「遺体から五、六メートル離れた位置に転がっていた。靴紐《くつひも》は二重の蝶結《ちょうむす》びになっていた。右のソックスは草の汁で汚れて、半分脱げていた」

「死んでからどのくらい時間がたってたと思う？」マリーノはあたりに目を走らせた。万一に備え、すぐに銃を抜ける位置に右手を置いている。

「体温や何かの死後変化から考えると、そう時間はたっていなかったはず」私は答えた。「気になるのはいわゆる〝洗濯女の皮膚〟ね。水に浸かっていた手足の指の皮膚がふやけていた。そこまで長時間、水に浸かっていたわけではなさそうなのに」

ロマンチックなひとときを過ごそうと公園に来ていたカップルが、不運にも彼女の遺体を見つけてしまったのだと私は話した。カップルがとっさにしたのは、遺体を水から完全に引き上げることだった。犯人は二人が近づく気配を耳にしたのかもしれない。まもなく警察が駆けつけてくると予想し、急遽逃げたのだろう。

「キャミーの痙攣発作に続いて、カップルにまたも計画を邪魔された」私は簡潔にそう説明した。「ほかにも遺体に何かしようと考えていたとしても、その機会は失われた」

「たとえば両手を切断するとか」

「そうね」

「同一犯だと仮定すると、グウェンのときと違って両手を切断しなかった理由は何だ？」

「時間がなかったんだと思う」

「経緯を整理するとこういうことか」マリーノは周囲にせわしなく目を走らせてい

る。「キャミーは公園の反対側のトレイル沿いをランニングしてた。隠れてたろくでなし野郎に襲われた。そいつはキャミーを待ってたのかもしれない。キャミーはパニックになって走り出した。途中で靴が片方脱げた。で、森のこっち側の川岸まで来た。てんかんの発作を起こしたのはどのタイミングだ？」

「それについては推測しかできない」私は波立つ暗い川に近づいた。ジェット機がまた轟音とともに空の低いところを通り過ぎていった。こんな天気のなか、私だったら飛行機には乗らない。「襲われたストレスと、犯人から逃げるために急に激しく動いたせいで、発作が起きた。靴が脱げた地点で起きたかもしれない」

細長い月が雲のあいだを見え隠れしている。私たちはマリーノのトラックに戻った。このときもまた、誰かに見られている感覚がつきまとっていた。人の気配を感じる。こうして話しているあいだも、何者かが森の奥に隠れているような気がする。こちらからその姿は見えない。私が感じているのはもしかしたら、狂暴なサイコパスの――ここを頻繁に訪れる何者かの――どす黒いエネルギーなのかもしれない。

「ひょっとしたら」マリーノが言う。「てんかんの発作でどうしようもなくなってたほうがキャミーのためだったのかもな。少なくとも犯人は、始めたことを終えられなかっただろうから」

「でも、結局はきっちり終わらせた」犯人が何をしたか、想像がそのまま私の脳裏に映像となって閃く。「キャミーは自分の身に何が起きているかわかっていた。むごい死に方だわ」

「犯人としては線路沿いで殺すつもりだったんだろう」マリーノはキーを車に向け、リモコンでエンジンをかけた。ヘッドライトが点灯した。「グウエンのときと同じように、遺体を線路脇に捨てるつもりだったのかもしれない。二人が同じ犯人に殺されたんだとしての話だが」マリーノはそう付け加えた。またクリフ・サロウのことが思い浮かんでいるのだろう。

トラックに乗りこみ、別の連絡道路をたどって森のさらに奥へと向かった。車をゆっくりと進める。ウィンドウを半分下ろし、聞き耳を立てる。

「それにしても、おっかねえな」マリーノが言う。フクロウがほうほうと鳴く。「あとは『ショック・シアター』のテーマ曲がありゃ完璧なホラーだ」

「誰の目もない。誰の耳もない。悲鳴は誰にも届かない」私はまた同じことを繰り返す。「獲物を探す犯罪者にとっては理想の遊び場ね」

「だな。被害者を初めて見かけたのもここなのかもしれない」マリーノは渦巻く地霧のなか、ヘッドライトで行く手を慎重に確かめながら、連絡道路沿いに車を進めた。

「そうだとして、グウェンの住所をどうやって知ったの？」私は頭のなかで情報を整理しながら訊いた。公園の奥側まであと少しだ。「グウェンを拉致した人物は、オールド・タウンに土地勘があるとしか思えない。なかでもコロニアル・ランディングの事情に詳しくないと、犯行は不可能よね」

「俺が管理人にこだわる理由はそれだよ」マリーノが言った。

「そうね」私は言った。

マウントヴァーノン・トレイルはすぐ先だ。背の高い鉄の街灯の光は霧に包まれた暗闇を払う役には立っていないが、ランナーやサイクリストがいれば、その姿を照らし出すだろう。私たちは車を駐めた。先週の金曜の夜、午後七時の通勤列車の車掌がグウェンの遺体を発見したあと、私が雨のなか一人で来て車を駐めたのと同じ場所だ。

自分のスバル車をオーガスト・ライアンの無印のダッジ・チャージャーの横に駐めたとき、何が私を待ち受けているのか、まったく知らずにいた。知っていたのは、全裸の女性の遺体であること、マリーノと私がいま車を降りようとしているこの野原を通り抜ける線路脇で発見されたことだけだった。

いまから一時間後に同じ通勤列車がここを通過する。四日前に悲鳴のような音とともに急停車したのと同じ車両かもしれない。乗客はみな、デンジャーフィールド・アイランドをそれまでと同じ目では見られないだろう。

「よし、やろうぜ」マリーノはエンジンを止めた。「そろそろミラー・ビールの時間だしな」私の計画はまもなく徒労に終わると思っているかのようだ。

トラックを降りる。すぐ近くからフクロウのくっくというこもった鳴き声がした。霧に包まれた木の枝から飛び立つフクロウの力強い翼の音まで聞こえてくる。マリーノと私は懐中電灯の光を線路の左右に向けた。ランナーや自然散策を楽しむ人たちもここまでは来ないらしく、人が通った痕跡はほとんど見て取れない。ごみも落ちていないし、付近で誰かがピクニックをした跡もない。

鑑識ケースを開けてスプレーボトルと過酸化水素粉末、一リットルボトル入りの蒸留水を取り出した。高校の基礎化学の授業のように、もはや肉眼では識別できない血液中のヘモグロビンに反応し、熱ではなく光を放つ混合液を自作するつもりだった。

ただし、ルミノール反応を引き起こし、サファイアブルーの光に輝かせるのは、ヘモグロビンだけではない。たとえば銅に触れても光が放たれる。そういった偽陽性は鑑識現場では混乱を引き起こしかねないが、今回にかぎってはその反応こそ私が求めているものだ。

「なんでわざわざ自分で薬品を作る?」マリーノは手袋やフェースマスクを着けながら言った。

「ファビアンが私の棚から勝手に薬品を持っていったから」私は答えた。「ほかにやりようがなかったの」

ルミノール反応は旧式な手法だ。もっと現代的な予混合された試薬と違って、暗闇でなければ使えないし、使う者に優しくもない。いったん混合したら、二時間しか有効ではないのだ。二時間を過ぎると効果を失ってしまう。

「懐中電灯で照らしててもらえる?」私はマリーノに頼み、自分の懐中電灯をオンにして手渡した。「手もとが見えるように」

蒸留水をスプレーボトルに注ぎ、過酸化水素粉末をティースプーン一杯分振り入れ、予備の手袋一組と証拠品袋をコートのポケットに押しこんだ。

「用意できた」私はマリーノに言った。マリーノが懐中電灯を消す。

線路沿いはまさに真っ暗闇だ。私は用心深く足を運ぶ。ブーツで線路を、枕木を探る。グウェンの遺体を調べたあたりから、ごつごつしたバラストに試薬を吹きつけ始めた。まもなく厚く敷かれた石が作るクレバスの奥から、最初の青い光がほのかに輝いた。

「マジかよ！」私も似たような言葉を内心でつぶやきながら腰をかがめ、試薬を続けてスプレーしながら小さな石をどかしていった。「錆《さび》に反応したとか？」マリーノが言う。

「錆ももちろんある。でも、ほかにも何かある」私は言った。平らにつぶれた一セント硬貨が冷たい光を発していた。

33

その直後、スプレーのしゅっ、しゅっという音にリズムを合わせたかのように、つぶれたコインがさらにいくつかホタルのように淡く輝いた。

一つずつ別の証拠品袋に入れてからコートのポケットにしまった。さらに何個か拾ったあと、スプレーする手をいったん止め、集めたものを観察してみることにした。自分が愚かに思えた。

「ずいぶん前から誰かがここにコインを置いているのよ」私は言った。「一人ではなく大勢かもしれない」

「俺もそう思ってたところだ」マリーノが懐中電灯をつけてこちらに来た。私は小さな袋をポケットから取り出し、一緒に見た。「たくさんあるのがいいことなのかどうか、よくわからないな」

「そうね、わからない」私は不安が一気にふくらんでいくのを感じた。ここまでにコインは八個も見つかっていた。「この短時間にこれだけ見つかったとなると、よほどたくさんあるのね」落胆せずにいられない。

マリーノの懐中電灯の光が、ひしゃげ、ひどく変色し、ウエハースのように薄く伸ばされたコインを照らす。一部は濃い茶色に変わっていて、土や石などと一緒くたになっていたら簡単には見つからないだろう。ほかは緑青に覆われていた。発行年は読み取れない。

試薬をふたたびスプレーする。数分後、完全にはつぶれていないコインが見つかった。一部が列車の鉄の車輪に轢かれて平らになっているが、残りの部分は無事だ。

「ねえ、ちょっと来て」私は大きな声でマリーノを呼んだ。

「何を見つけた？」懐中電灯を手にマリーノが戻ってきて、私が手袋を着けた掌に置いたコインに光を向ける。

「発行年の一部しか見えない」私はコインに目をこらした。ああもう、どうして拡大鏡を持ってこなかったのだろう。「年号の最初の三桁しか読み取れない。一九七〇年代のいつか」

「古いな。ずっとここにあったのかな」マリーノが言った。私は新しい証拠品袋にそのコインを入れた。「七〇年代に誰かが置いたとすると、少なくとも四十年はここにあったことになるぜ」マリーノがそう付け加え、私はその声に失望を聞き取った。

グウェンの遺体のすぐそばにあったコインは、重要な意味を持つのかもしれない。

しかし、ほかのコインには大した意味はなさそうだ。私は何かに憑かれたように試薬のスプレーをかけ続けた。コインはまだまだ見つかった。原形を保っているもの、一部だけ轢かれてつぶれたもの。そのいずれも、オーガストが見つけた二〇二〇年発行の一つとは異なり、数ヵ月、数年前からここにあったようだ。ルミノール試薬がなくなりかけたころ、マリーノが低い声で私を呼び止めた。

「先生！」芝居じみた鋭いささやき声のほうを振り返ると、マリーノが銃を抜こうとしていた。

輪郭がにじんだ月のような光の球が、闇と霧の底に沈んだ線路沿いを浮遊しながら近づいてくる。列車が近づいてきているわけではない。聞こえているのは、遠くの薄暗闇で絶えず離着陸を繰り返している飛行機の音だけだ。私たちが見ている光の球は、〝ブッカーマン〟の幽霊ではないし、球電でもない。

「ありゃ何だ？」マリーノは銃を抜き、銃口を下に向けた。「おい、そこにいるのは誰だ？」上下に揺れながら近づいてくる光の球に向かって怒鳴る。「それ以上近づくと撃つぞ！」

「フルーグです！」フルーグ巡査が大きな声で答え、速度を上げて近づいてきた。

「おまえか、冗談だろ！」すぐそこまで来たフルーグにマリーノがうめくように言った。

制服の上に防弾チョッキを着けたフルーグは、私たちの目を射ないよう、大きなLED懐中電灯の光を下に向けた。興奮した顔つきをしている。

「頭を吹っ飛ばされなくて幸運だったと思えよな！」マリーノは銃をパンツのウェストバンドに元どおりはさんだ。「こんなところで何やってんだ？　頭がおかしくなったか？　まず第一にここは危険だ」

「そっくりそのままお返ししたいですね」フルーグは言った。「いつでも喜んでお手伝いしたのに。呼んでくれればいつでも来ますよ」

「私たちがここにいること、どうして知っていたの？」私は当然の疑問を口にした。

「とある人から聞きました。お二人はここに向かったって」フルーグは言った。「誰かがようやくこの一帯をちゃんと調べてみる気になってくれて、すごくほっとしてます」

フルーグは懐中電灯の光を線路やマウントヴァーノン・トレイル、鬱蒼とした森に向けた。

「ストーカーが待ち伏せするのに最適な場所です。そうですよね？」

「そうやって何にでも首を突っこんでると、いつか危ない目に遭うぞ」マリーノが言う。「まじめな話、真っ暗闇でこそこそ俺たちに近づくなんて、それこそ怪我したいか死にたいとしか思えない」

「何を探してるんですか」フルーグは私が持っているスプレーボトルや証拠品袋の束に懐中電灯を向けた。

「先に私の質問に答えて。そうしたらあなたの質問に答える」私は言った。「〝とある人〟って誰？」

「マギーです」フルーグが答えた。「さっき、先生と連絡が取りたくてマギーに電話したんです。ちなみに、先生の携帯番号は教えてもらえませんでした」最後の部分は私に向けて言う。

「マギーはその代わりに私たちの行き先を教えたわけね」私は陰気な声で言った。マギーときたら、本当に腹黒い。

「で、俺らに何の用だった？」私が次に訊こうと思っていたことをマリーノが先に聞いた。

フルーグは誇らしげに報告した――グウェン・ヘイニーの切断された両手と、タウンハウスからなくなっていたスター・ウォーズ柄の毛布が発見されたようだ。

「〝おそらくグウェンのもの〟ですけど、まず間違いないですよね。ほかに、切り開いて脱がされたと思われるスウェットパンツとTシャツもありました」内心の興奮を隠しきれない声でそう続ける。「全部まとめてビニールのごみ袋に入った状態だったのをアルミ缶や何かを探して大型ごみ容器をあさってた人が見つけたんです」

「あらあら」私は言った。「血が染みた衣類や遺体の一部が金曜の夜からビニール袋に密閉されていたとすると、かなりひどい状態のはず」

「ええ、たしかに臭いはだいぶすごいことになってました」フルーグが言う。

「どこのごみ容器だ？」マリーノが訊く。

「このすぐ先のジャイアント・フード食料雑貨店の近くです」

「で、その戦利品の詰まった袋はいまどこにある？」

「レックス・ボネッタの指示に従って、全部を検屍局に預けました」フルーグは私を見て意気込んだ調子で言った。「検屍局からまっすぐここに来たんです。さて、質問に答えてください。ここで何をしてるんですか」

「一セント硬貨を探しているの」いまさら隠し立てしてもしかたがない。「金曜の夜、グウェンの遺体のそばで一枚見つかったのよ。ほかにもないか、確かめておいたほうが賢明だと思って」

「そのスプレーボトルは何に使うんです？」

私は変色したコインを収めた袋に油性ペンで日付とイニシャルを書きこみ、鑑識ケースにしまいながら、ボトルの用途を説明した。

「マギーは俺たちの居場所をおまえに話しちゃいけなかった。おまえもよそでぺらぺらしゃべるなよ」マリーノが警告するように言った。「コインの話はマスコミに知られたくない。マギーがしゃべったのはなんでだと思う？　おまえが密告すると期待したからだよ。俺たちがここで何をしてたか、あとでマギーに逐一報告すると思ったんだ」

「そんなことしませんって」フルーグは言った。「マスコミの取材は受けないし、マギーには何の義理もないですから。向こうは私が協力するものと思ってるかもしれませんが。人を疑ってかかるようなことはしたくありませんし。ところで、ここに捨て置かれたコインが事件に関係がありそうだなんて、どうしてわかるんです？」

「それはまだわからないの」私は答えた。あいかわらず疑念が心に引っかかっている。「でも、ほとんどはずいぶん古いもののようだから、おそらく無関係でしょう」

「本気で探したら、きっと線路沿いのあらゆる場所に落ちていますよ」フルーグが言った。「コインやそのかけらを見つけてもわざわざ拾う人はいませんから。列車の車輪にはじかれて弾丸みたいに飛んで、それきりでしょうし」その危険ないたずらに馴染みがあるかのような言い方だった。

「この公園でもやる人は多いんだと思う？」私はマリーノのトラックの方に歩き出しながら訊いた。「私はそうは思わないけれど。一セント硬貨にかぎらず、コインを線路に置くなんて危険きわまりない」

「私もよくは知りません。奨励されてるわけじゃないのはたしかです」フルーグが答えた。「公園警察のオーガスト・ライアンに訊いてみたらどうですか。本人たちが二言目には言ってくるみたいに、ここは公園警察の管轄ですから。私個人は、子供にせよ誰にせよ、ここに来てそういういたずらをした市民がいるって話は聞いたことがありません。過去にはあったかもしれませんけど」

「車、どこに駐めてきた？」マリーノはトラックのロックを解除しながら訊いた。

「ヨットクラブの近くです。実際に歩いてみたほうが、現場周辺の空気感というか、雰囲気をつかめるかと思ったので」フルーグはそう答えたが、私はそれは嘘だろうと思った。

自分が来る気配をぎりぎりまで私たちにかぎつけられたくなかったからに決まっている。マギーはフルーグに情報を渡した。フルーグは私が事件とは無関係かもしれない証拠を集めている〝犯行現場〟を押さえた。こうなると、誰を信用していいかもうわからない。

「二度とここそ近づこうなんて考えるなよ」マリーノが言った。「乗れ。車のところで降ろしてやる。後部座席にあるブツに関して、よけいな意見は受け付けない」

「了解」フルーグは、マリーノが軍の払い下げ品店で買った弾丸の大きな箱をどけて後部シートに乗りこんだ。「車内が銃だらけのトラックに乗せられたからって、文句は言いませんよ。なんと言ったって、私はヴァージニア州育ちですから」

「マギーと話したときのことだけれど」私はフルーグに言った。車が走り出す。「私があなたのお母さんと連絡を取りたがっていることは聞いた？」

「いいえ、その話は出ませんでした。でも、いつでも連絡できますよ。伝言とか、あります？」

「教えてもらいたいことがあるの。手が空いたとき連絡をもらえると助かる」私はフルーグに自分の携帯番号を教えた。

「さっそく伝えます。というか、もうメッセージを送りました」フルーグが言う。私は別のことを尋ねた。

「今年四月十日の現場にドクター・レディが来たときのことを聞かせて。彼はデンジヤーフィールド・アイランド周辺で夕食を取っていて、遺体発見の連絡があったとき、たまたま現場の近くにいたそうね」

「オーガスト・ライアンと一緒に遺体を見ていたのは覚えています。こっちが恥ずかしくなりましたよ」フルーグは答えた。「彼のことはまったく好きになれませんけど、だからといって、彼のキャリアをつぶそうとまでは思いません。それは上のほうの人が決めることですから。それにこの仕事をしてると、泥酔する人、喧嘩《けんか》する人、浮気する人なんて珍しくも何ともないですから」

フルーグによると、その夜、エルヴィン・レディは酒を飲んでいたらしく、呂律《ろれつ》が回っていなかった。そのことが表に出たら、エルヴィンは窮地に陥るはずだ。私が疑っていたとおり、マギーが運転手役を務めなくてはならなかった。その事実もエルヴィンに有利には働かないだろう。

「とすると、奥さんのヘレンは一緒じゃなかったのね」私は念のため確かめた。

「ええ。マギーは一緒でしたけど、一度も車から降りてきませんでした」

「誰の車だった？」

「ドクター・レディのメルセデスです。挨拶しようと思ってウィンドウをノックしたら、マギーは黙って首を振りました。自分が来ていることをほかの人に気づかれたくないのが丸わかりでしたね。二人の関係を怪しまれたくなかったんでしょう」

「怪しい関係なのか？」マリーノが訊き、フルーグは肩をすくめた。

「仮にそうだとしても、法律に違反するわけじゃないですし。私が知ってるのは、ドクター・レディが酔ってたことと、マギーが運転していたことだけです。その直後にオーガストから、この事件は公園警察が担当するからきみは帰っていいと言われました」

「おまえにいられちゃ都合が悪かったんだろうよ。おまえは詮索好きだから」マリーノはバックミラー越しにフルーグを見た。その表情を見て、態度とは裏腹にフルーグを気に入っているらしいとわかった。「で、服や遺体の一部が詰まったごみ袋の件はどこから聞きつけた？」車は森を抜ける細い道路をゆっくりと走っていた。

「ごみをあさってた人が見つけて、九一一に通報したんです」フルーグが答えた。

「通信指令本部から連絡が来て、私は発見現場に駆けつけた」

「発見した人はきっと袋を開けてなかを見たわよね。そうでなければ警察に連絡しないはず」私は確かめた。

「はい。その人のDNAサンプルを採取しました。明日は署で指紋を採らせてもらうことになってます」

「オーガスト・ライアンはこのことを知っているの？」私は尋ねた。

「先生のほかに私が伝えたのは、検屍局のレックス・ボネッタだけです」フルーグがそう答えたところで、車は彼女がパトロールカーを駐めた駐車場に着いた。

「せいぜい用心しろよ、フルーグ」車を降りていくフルーグにマリーノが声をかけた。「ああ、それから、お手柄だったな」

「え？」フルーグが足を止めた。「それ、私に言ってるんですか？」

「ごみ容器の証拠品を回収して、検屍局のラボにまっすぐ持ってったのはお手柄だ」マリーノは言った。フルーグは満面に笑みを浮かべた。「ＦＢＩにかっさらわれずにすんだ」

「ええ」フルーグはパトロールカーのロックを解除した。「たまにはちゃんとした答えを自分たちで出したいなと思って」

「どう思うよ」マリーノは、エンジンをかけてヘッドライトをつけるフルーグのほうを見ながら私に訊いた。

「証拠物件保管室に寄って、新しい証拠を確かめてみたいと思う」私は答えた。何よりも切断された両手を確かめたい。

「だな。俺もそう思う」マリーノはフルーグの車に続いて駐車場を出た。

公園を出入りする道路は線路と交差している。警報器のランプが点滅し、遮断機が下りた。ちょうど九時だ。銀白色の列車が轟音とともに通り過ぎていく。窓は明るく、乗客の姿がはっきりと見えた。外をながめながら話をしている人、読書中の人、携帯電話を見つめている人。殺人者もいまごろ私たちと同じものを見ているような気がした。

「二つのいいとこ取り」私は言った。最後の車両が通り過ぎ、規則的な音が遠ざかった。

「何の話だ？」マリーノが訊いた。点滅していたランプが消え、遮断機が上がる。

「線路脇に遺体を遺棄したこと」私は言った。フルーグの車が線路を越え、私たちもそれに続いた。「犯人は、夜の公園で何をしていようと、誰にも見られずにすむ。ところがショータイムになると、自分は何もしなくても通勤列車が観客を運んできてくれる」

「キャミーのときもそういう計画だったと考えてるんだな。ところが、その計画は途中で脱線しちまったわけだ」

「その可能性が高そうね」

車は幹線道路に戻った。時間が時間だから、交通量はだいぶ少なくなっている。私の携帯電話が鳴った。覚えのない番号からだったが、リッチモンドの市外局番から始まっていた。私は応答した。

「過去の亡霊が蘇ったようね」スピーカーから、グレタ・フルーグのほどよく調整された声が聞こえた。「あなたが私と連絡を取りたがっているとブレイズから聞いた。うれしい驚きとはこのことね」

「電話をありがとう。いまピート・マリーノと一緒に車で移動中なの」私はあらかじめそう断った。

「こんばんは、ピート。あなた方がヴァージニアに戻ってくると聞いて、とても楽しみにしていたわ」本心から喜んでいるような口ぶりだ。

とはいえ、グレタ・フルーグの言葉はつねに本心から出ているように聞こえる。それが彼女の危険なところであり、カリスマでもあるところだ。あのころ、私はグレタを信用しすぎて、何度か苦しい立場に追いこまれた。娘のブレイズと同じく、グレタはよくしゃべる。そしてときおり、話してしまいたい欲求に負けて秘密を守れなくなることがある。

「こちらから連絡しようと思っていたのよ」グレタは続けた。電話の向こうでテレビのニュース番組の音声が低く聞こえている。「ルーシーのこと、聞いたわ。痛ましい話、悲しい話ね。とてもびっくりしたし、お気の毒でしかたなくて。まだお若かったそうだから、なおさら」

「ご主人を亡くされたんですってね、お気の毒に」私はそう応じる。「さぞつらかったでしょう」

「人生がとんでもない札を配ってくることがあって、人間なんてこの宇宙ではちっぽけな存在なんだと改めて気づかされる」グレタは彼女らしからぬ謙虚な調子でそう言った。悲劇を経験して、丸くなったのだろうか。「第二のハネムーンをハワイで過ごそうかなんてフランクと話をしていたのよ。そうしたらある日、屋根から転落して軸椎関節突起間骨折《ハングマン》してしまった。あなたならよくご存じよね」

「再起不能の傷害。本人と周囲の人生を大きく変えてしまう」

「そうね、いろんなことが変わってしまったのは確かよ」グレタは感極まった声で言い、何度か咳払《せきばら》いをした。「私の話はこれくらいにしましょう。ご用件は何かしら、ケイ。そうだ、ニュースであなたを見たわ。ディナ・ディレッティと撮影クルーを振り切った場面。元気そうね。まったく老けていない。何か秘密があるの?」

「仕事柄、ホルマリン溶液に接することが多いのよ」私はいつもの古くさいジョークで切り返した。

34

「数時間前、私のアシスタントが留守電にメッセージを残したはずなの。聞いてくれた?」私はグレタに訊いた。

「いいえ、メッセージはなかったと思うわ」グレタがスピーカーフォン越しに答える。「アシスタントというのがマギーのことなら、ありそうな話ね。過去にも意見が合わなかったことが何度もあるから。ドクター・レディが自分の仮説に合うように検査結果を変えようとしたようなときに。たとえば血中のアルコール濃度は、実際はそこまで高くなかったんじゃないかとか。反対に、もっと高かったんじゃないかとか。その時々で彼が便宜を図ろうとしている人、または踏みにじろうとしている人が誰なのかによって」

「彼がどんな人間なのかは言われるまでもなく知っているわ」私は言った。「いまの職場に来てようやく一月になるかならないかなのに、もう手に余るくらいのトラブルを押しつけられているから」またやってしまった。おそらく他人に話してはいけないことをつい打ち明けてしまった。

「ブレイズから聞いているわ。アレクサンドリアは殺人事件が起きて大混乱だって」グレタが言った。「あの子を刑事にしないなんて、市警はどうかしている。あなたももう気づいたと思うけど、あの子は朝から晩まで仕事のことしか考えていないのよ。まさに刑事向き」

「ええ、気づいていたわ」

「昔からああなのよ。ほんの子供だったころから」

「連絡したのは、ある事件についてなの。あなたはまだ知らないはずの事件」伏せるべきところは伏せつつ、毒入りワインの件を説明した。

「毒物がどこで混入されたかはもうわかっている？」グレタが最初の質問をした。

「まだよ。この地域かもしれないし、ヨーロッパかもしれない。被害者は一命を取り留めた」会ったこともない人物であるかのようにそう答えた。「オピオイド系薬物の過剰摂取に典型的な症状だった」

「摂取したワインの量はどのくらい？　症状はどのくらいの時間をおいて表れた？」

「聞くところによると、ほんの一口テイスティングしただけ。症状はすぐに出た。ごく短時間で」

「毒物はカルフェンタニルではないのね？」

「違うわ」

「モルヒネよりはるかに強力な毒物」グレタは考えをめぐらせた。

「ナルカン二回分で、かろうじて症状が治まった」私はベントンにメッセージを送り、オフィスに寄るから、帰るのは早くても一時間後になると伝えた。

「中国発の新しい合成オピオイドがある」グレタの声がマリーノのトラックに響く。

「おそらくあなたも知っているだろうけど、中国では強力な鎮痛薬のフェンタニルが禁止されてね。その直後からさっそく代替品が市場に出回り始めた」

問題の薬物はイソトニタゼンではないか心配だとグレタは言った。イソトニタゼン（〝イソ〟と略して呼ばれる）はエトニタゼンの合成バージョンで、標準的な法医学薬毒物スクリーニング検査に含まれていない強力な鎮痛剤だ。

「ヘロインやコカインなど植物由来の薬物とは違って、イソはラボで製造されている。有機の要素はまったくなくて、モルヒネの六十倍も強力」グレタが説明を続け、マリーノは首を振った。私と同じことを考えているのだろう。

「となると、検出不可能な薬物がもう市場に出ていてもおかしくない」私は陰鬱な気持ちで言った。「新しい薬物の登場ペースにはとうていついていけないわ。どこまで行っても悪人側に有利なように思える」

「実際、悪人側に有利なのよ。私たちはいま、オピオイド危機の次の波にのまれようとしている」グレタは私の意見に同意した。「街角で手に入る麻薬に簡単に混ぜられる白い粉や黄色い粉。食べ物や飲み物に混ぜるのでもかまわない。大した手間はかからない」

イソは、カナダやドイツ、ベルギーでの流通がすでに確認されているとグレタは言った。そういえばガブリエッラ・オノーレが問題のボルドーワインについてこう話していた——ブリュッセル市警本部長からの贈り物だと。薬物が混入されたのはベルギーなのかもしれない。だが、憶測で話をしたくない。

グレタはさらに続けて、イソはすでにアメリカにも入ってきていると言った。すでに亜種も発見されているし、過剰摂取による死亡者が急増している。これまでは主に中西部だったが、最近ではケンタッキー州でも確認された。

「全土に広がらないことを祈るばかりよ」グレタはそう付け加えた。

「まもなくヴァージニアにも入ってくるかもしれない。もしかしたら、すでに入ってきているのかも」私は通常のスクリーニング検査ではすべて陰性を示した過剰摂取者が、今日だけで三人運びこまれたことを話した。「検査法としては、死後サンプルからイソ摂取で生じる代謝産物を調べればよさそうね。でも、亜種に関してはどうすればいいのかしら」

幸運なことに、リッチモンドに本社のある民間ラボでグレタ・フルーグがいま開発に取り組んでいるのが、まさにその検査法だという。大規模なプロジェクトで、費用の一部は国立薬物乱用研究所が負担している。

「病院や研究ラボ、法医学ラボ向けに検査プロトコルを開発して販売する予定」グレタはそう話す。「最新の動向に追いついていけるよう、急ピッチで研究が進んでる。公的機関による研究開発ではどうしても遅れてしまう。民間企業の協力があってようやく追いつける」

「私で役に立てることがあれば言ってちょうだい」私は言った。「よかったら、うちの主任薬毒物鑑定官のレックス・ボネッタと話をしてみて」

「それはぜひ。レックスは私の教え子だもの」グレタは満足げに笑った。私の記憶にあるとおりのうぬぼれ屋が顔を見せた。「ところで、今度〈毒の先生《トックス・ドック》〉っていうポッドキャストの配信を始めるのよ。ぜひゲストとして出演してちょうだいな、ケイ」グレタは付け加えた。しかし、私たち二人が化学について話すのを聴く以上に退屈なことがあるだろうか。

「〈トックス・ドック〉だって？　途中で居眠りこいちまいそうだな。それか、聴いてる奴に妙な考えを植えつけちまいそうだ」私が通話を終えるなりマリーノが言った。道路が空いているおかげで、検屍局まではもう数分のところまで来ている。「グレタが自分の母親だったらって想像してみろよ。子供にとっちゃ、母親の威光なんか重荷でしかない。楽な人生じゃないよな」

「そうね。ブレイズ・フルーグを見ていると、自分の実力を証明しなきゃって焦っているんじゃないかといつも思う」

「言えてる」

「後先考えずに行動してしまうことが少なくないのは確かね」ついさっきフルーグが線路沿いを近づいてきたときのことを思い出す。上下に揺れる光の球だけが見えて、フルーグの姿はまったく見えなかった。「引くべきときを知らないようだし」

「もっと慎重にならないと、そのうち痛い目に遭うだろう」マリーノはそう予言した。「あと、マギーにチクらないといいがな」

検屍局の駐車場に着いた。残っているのは遺体搬送用のバンと、おそらくワイアットのトラックだけだった。マリーノにキーカードを渡し、運転席側からゲートのロックを解除してもらう。

「フルーグの奴、気をつけねえと、オーガストみたいな連中をいつか怒らせちまうぞ」マリーノは言った。「市警の捜査官連中もだ。いや、もう怒らせちまってるかもしれないか」

「誰かさんにそっくり」私はそう切り返した。「知り合った当初のあなたを思い出すわ。同僚刑事のあいだで人気者じゃなかったのは確かだし、上層部からもにらまれていたわよね。とすると、フルーグにもまだ希望がありそう」

数分後、マリーノと私は無人の搬出入ベイを通り抜けた。私は監視カメラを意識した。ワイアットはきちんとモニターをチェックしているだろうか。建物内に入るドアのロックを解除したとき、当のワイアットがエレベーターから降りてきた。私たちに気づいても決してうれしそうではない。

「こんな時間にどうして戻ってきたんです？」ワイアットは不安げにマリーノと私の顔を見比べる。「まさかまた遺体の一部が見つかったとかじゃありませんよね」

「私たちが知るかぎり、それはないわ」私は搬出入記録をチェックした。数時間前にマリーノの車で出発して以来、増えたのは一件だけだ。

〈大型ごみ容器で発見された人体の一部〉フルーグはそう書きこんでイニシャルを記入していた。発見現場近くの食料雑貨店の番地も書いてある。

「ちょっとここで待ってて」私はマリーノにそう言い、遺体保冷庫の分厚いドアを開けた。

いやなにおいのする湿気がもやのように漂い、冷気が大きな音を立てて吹き出す。人体の一部は折りたたまれた黒いビニールのファスナーつき遺体収容袋に入っていた。私は袋ごと持って出ると、解剖室に向かった。

「ちょっと見てみましょう。そのあとはできるだけ早く保冷庫に戻したい」私は言った。「腐敗がさらに進んでしまう前に」

それぞれマスクと手袋を着けた。私はステンレスの解剖台に使い捨てシートを敷き、そこに青いタオルを広げ、プラスチック定規とカメラを用意した。手術用ライトをつけて袋を開く。切断された両手は青白く、皺《しわ》だらけで、皮膚の一番上の層は剝がれかかっていた。

「小さいな。グウェンのって可能性は十分にありそうだ」マリーノが言った。

私は青いタオルの上に掌を上に向けて並べた。マリーノが写真を撮る。

「女の手に見える。グウェンの手はきっとこんな感じだろう」マリーノは言った。いずれも手首の関節で切り離されており、切断面は粗い。

赤い切り口は、乾燥して黒ずんでいた。草の破片など細かなごみが付着している。

マニキュアを塗っていない爪は長めだ。二本は割れて、その一方はかろうじて根元でくっついている。グウェンの遺体と一致させるのは容易だろう。

「方法はいろいろある」私はルーペ眼鏡をかけた。

「こうして見るかぎり、指紋はしっかり採れそうだな」マリーノが指先を観察して言う。「DNAも採取できるだろう」

「そうね。切断するのに使った工具の痕が骨にも残っているだろうから、それで遺体のほうの切断面と比較できる」

「必死で抵抗したみたいだ」

「クリフ・サロウの腕や手、首や顔に傷はなかった？　ひっかき傷、痣は？」私は爪切りを手に取った。

「見える範囲にはなかったよ」マリーノが答える。「しかし、俺が事情を聴いたときは長袖に長ズボンだったからな」

「残っている爪を切るわ」爪を切り始める。「遺体や着衣に加害者のDNAが付着しているとはあまり期待できなそう。ごみ容器に四日間もあったわけでしょう、劣化していないはずがない。絶対とは言えないけれど」

腐敗が進めば、群がるバクテリアによる破壊を避けられない。バクテリアは、殺人者を特定する決め手になる証拠を文字どおり食べてしまうのだ。私は切り落とした爪を紙の封筒に入れ、証拠物件と書き入れた。まず左手を、次に右手を持ち上げて照明にかざし、手首の周辺についているでたらめな切り傷に目をこらした。

「鋸歯状《きょしじょう》ではない鋭い道具を使ったようね」私は観察結果をそう話す。すぐ隣に立ってのぞきこんでいるマリーノの体温を感じた。「筋肉のサンプルを薬毒物検査に回しましょう。皮下組織を切開して、できたばかりの痣に関連する内出血を探す。ここに見えているような赤みがかった部分」

マリーノが見守るなか、私は皮下組織を切開する。最終的には煮て肉を落とし、骨の切断面を分析すると説明しながら、採取した組織サンプルと爪の切りくずを鍵つきの証拠物件保冷庫に入れた。黒いビニールの遺体収容袋のファスナーを閉じて保冷庫に戻す。誰の遺体の一部なのかはもう疑念の余地がない。

最後に証拠物件保管室に立ち寄った。検査台に白い紙が敷かれ、遺留品が並べられている。壁際にガラス扉つきの大型キャビネットが並んでいて、その一つにスター・ウォーズの柄のブランケットが広げた状態で吊《つ》ってあった。ところどころ大量の血が染みて黒っぽく乾いている。それ以外の部分はとくに汚れていない。

「血は分解が進んでいて、あまり参考にならないと思う。たとえばＤＮＡ型を採取するのは無理ね」私はマリーノに言った。「ただ、私たちの考えているとおりのことが起きたなら、誰の血液かはもうわかっているし、この毛布はグウェンのベッドにあったものということもわかっている」

その証明はさほど困難ではない。毛布の繊維と、私が遺体から採取した繊維を照合すればいい。私は手袋をはずし、ＤＮＡラボ室長のクラーク・ギヴンズにメッセージを送った。明日の朝出勤したら新たな証拠が彼を待っていること、可能なかぎり速やかに分析にかかってもらいたいことを伝え、毛布の写真を送信した。

次に、別のキャビネットに保管されている血の染みたスウェットパンツとＴシャツの写真を撮った。グウェンのものと思われる服は、切り開いて脱がされたようだ。血だらけのランニング用のソックス一組。下着は、そもそも着けていなかったのか、犯人が別の場所に遺棄したか。

「記念に取っておいてるってことも考えられるぞ」マリーノが言った。私は一セント硬貨を収めた袋の束を証拠品保管庫に入れた。

ようやく駐車場を出発したとき、時刻は十時三十分になろうとしていた。私のなかの犯人像に新たな情報が加えられていた。事前に念入りに計画を立てる一方で、ずさんで行き当たりばったりの一面もある。たとえば、血みどろの証拠物件はもっと遠い場所で処分すべきだっただろう。

「便宜上、彼として話を進める」先入観を抱かないよう用心しなくてはならないと私はマリーノに言った。「犯人の性別は断定できない。男性と考えてよさそうに思うけれど、実際は女性だとわかって驚いたことが過去に何度もある。いずれにせよ、人体の解体に特別なスキルを持っているわけではなさそう。両手の切断のしかたを見ただけでもわかる。手慣れた人物のしわざではない。残る疑問は、なぜ手を切断したのか」

「マフィアみたいに、指紋から身元がわからないようにしたわけじゃなさそうだもんな」マリーノが言った。

「現に、身元の確認に指紋は必要なかった」私はうなずいた。「この犯人は利口だから、その程度の知識はあったはず」

「何らかのメッセージのつもりとか」マリーノが言った。「事件の背景にあるスパイ行為を連想させるな。グウェンは関わっちゃいけない連中と関わってたのかもしれない。とすると、俺らが見てる方角は的外れなのかな。コインの件を根拠にグウェンの事件とキャミーの事件はつながってるって読みは、見当違いなのかもしれない」

「根拠はコインだけじゃないわ」私は言った。いっそうの不安が私の骨の髄まで震わせている。ベントンに宛て、あと十五分で帰るとメッセージを送った。

ベントンから返信はなかったが、ルーシーからメッセージが届いた。ドロシーはもう母屋のゲストルームで寝てしまったという。マルガリータをがぶ飲みして酔いつぶれたらしい。私はマリーノに、あなたもうちに泊まることになりそうよと言った。私のほうはそれでかまわない。

ドロシーが〝体調を崩した〟――というのはドロシー本人の言い方だ――とき、マリーノも一緒に泊まったことはこれまでにも何度もあった。私の記憶にあるかぎり、マリーノはその種の不測の事態に備えていつも一泊分の荷物をピックアップトラックに積んでいる。

「簡単な夜食を作るわ」ふいにそう決めた。ホワイトハウスのテイクアウトを食べてからずいぶん時間がたっている。「最後に食事をしたのはいつ？　私はおなかが空いて死にそうよ」

「俺のことは知ってるだろ、先生。胃袋に余裕を作るくらい、いつだってできる」マリーノは言った。ルーシーから次のメッセージが届く。

〈〇八〇〇時に離陸予定〉明日の朝はみんなで早起きだと伝えてくる。〈あと、これ見て。ネット上で話題になってる〉動画ファイルへのリンクが添えられている。

マリーノと私が霧と闇のなか、ひょっとしたら事件とは無関係かもしれないコインを探し回っていたあいだに放映されたデイナ・ディレッティの報道特集らしい。

「〃鉄道殺人鬼《レールウエイ・スレイヤー》〃の特集」私はマリーノに言った。車はオールド・タウンに入っていた。レストランはどこも活気にあふれ、路肩は駐車車両でいっぱいだ。私はファイルをタップした。有名ジャーナリスト、デイナがCNNの生番組で自分のスクープについて語っている動画だった。

「……そのとおりです、警察は正式には認めていません」デイナが言う。「しかし、情報筋によりますと、州検屍局長のドクター・スカーペッタがこの可能性を探っていることは間違いなさそうです。グウェン・ヘイニーが無残に殺害された事件と、今年四月にデンジャーフィールド・アイランドで遺体が発見された事件が関連していると考えているようです。ワシントンDC周辺に連続殺人者が現れたのではとの懸念が広がり始めており、今後、被害者がどこまで増えるのか、まだまったく予想が……」

私はファイルを閉じた。いまはこれ以上聞きたくない。

「デイナはキャミー・ラマダの事件を誰から聞いたんだと思う？」これは修辞疑問だ。だって、答えはわかりきっている。

「頭に浮かぶ容疑者は二人だけだな。だが、フルーグとは思えない」マリーノが言った。

「とすると、マギーね。本人の得意の表現を借りるなら〝世の中を無用に騒がせた〟責任、それも全国ネットのテレビニュースまで巻きこんだ責任を私に押しつけるつもりでリークした」

「エルヴィン・レディの堪忍袋の緒もこれでぶち切れただろうな」マリーノが言った。「今度こそあんたを八つ裂きにするだろう」

「ありがとう、励ましてくれて。おかげで元気が出た」

「家にバーボンはあるか？　ブッカーズくらい強いやつがあるといいな。がぶ飲みしたい気分だよ」

35

翌朝早く、暗い地平線に太陽が顔を出したころ、マリーノと私はふたたびマリーノのワル仕様のトラックで出発した。青白い三日月を見て、私はゆうべ解剖室で集めた爪の切りくずを連想し、もはや回復不能なところまで心が沈んだ。

私の気分とは正反対に、今日はよい天気で、少なくともそれは好材料だ。空は晴れ渡り、外気温は十度に届かないくらい。ヘリコプターに乗るにはうってつけだ。ただ、風は急速に強くなり始めていた。

「いまの時点で二十ノット、これからもっと強くなる予報。せめて追い風ならいい」私は携帯電話の天気アプリを開いていた。マリーノは二つ目のエッグマックマフィンにかぶりついた。「向かい風なら永遠に目的地に着かないわ」

「永遠って、どのくらいのことを言ってる？」マリーノはコーヒーに手を伸ばす。

「あなたが漏らしちゃいそうになるくらい長い時間」私はまたもその警告を発する。「ヘリコプター搭乗前にLサイズのコーヒーを飲むなんて、賢明なプランとは思えない。頭痛はやわらぐだろうけれど、すぐにもっと差し迫った問題を抱えることになる」

マリーノがマクドナルドに寄ると言い出したときも同じ忠告をしたが、マリーノは聞く耳を持たなかった。とはいえ、マリーノは軽い二日酔いのようだ。ゆうべは長い夜だった。マルガリータの酔いを寝て覚ましたドロシーを含め、家族全員が我が家のキッチンに集合した。

マリーノはバーボンを喉に流しこむように飲み、私はパルメザンチーズ入りのフリッタータと、トマトとズッキーニをオリーブオイルと海塩で和《あ》えたサラダを手早く用意した。そして予定外のリッチモンド行きが決まった背景を可能なかぎり詳しく話した。私のキャリアが始まった街、かつて南部連合の首都だった街に呼び戻された。州保健局長官に呼びつけられ、譴責《けんせき》を受けようとしている。連続殺人鬼が野放しになっているとマスコミが騒ぎ始めたことで、おそらく長官は激怒している。けれども私は、解雇される不安があっても口には出さなかった。対応を考えるのは実際に解雇されてからでいい。

「ヘリコプターにトイレはないのよ」私はマリーノにそう言う。車はレーガン・ナショナル空港行きの出口にそれた。この時間帯なら車は快調に流れている。「そんなにコーヒーを飲んだら何が起きると思う？　いいことではないのは確かよ」

「ルーシーが野原に着陸したことなら前にもあっただろ」マリーノは肩をすくめた。迫り来るトラブルを不安に思ってなどいないふりをしている。

地上でも機上でもおとなしく座っていられないうえに、マリーノは私の今後を心配している。いや、それ以上に自分の今後が心配なのだろう。それが人間だ。私がエルヴィン・レディから解雇通知を渡されたら――先方の用件がそれなら――私に任命されたばかりの法医学運用スペシャリストの身分はどうなる？

マリーノはヴァージニアを心底愛しているが、それでもベントンと私がまたも引っ越しを余儀なくされれば、ヴァージニアに残ろうとは考えないだろう。ルーシーもそうだ。私は検死の仕事を離れることになるかもしれない。いま言えるのはそこまでだ。いまその先まで考えようものなら、そうでなくても沈んでいる気持ちがどん底まで落ちてしまうだろう。

「ヘリの一番の利点は、どこにでも降りられることだ」マリーノはそう続けた。「自分は高所も平気だし、他人の運転や操縦だって平気だと言いたげだ。「ちょっとした緊急事態が発生したのに、飛行場が近くになくて、ルーシーが農場とかその手の場所に降りたことなんて数えきれないくらいあるよな。要するにだ、切羽詰まったら、かならずしもちゃんとしたトイレじゃなくたっていいってことさ」

「運輸保安庁《TSA》の職員が同乗していたら、切羽詰まろうが何だろうが、考慮してもらえないのよ」私は反論する。「提出したフライトプランにない地点への着陸は許されない。たとえルート上に別の飛行場があったとしても、だめなものはだめ。我慢するか、尿瓶《しびん》を握り締めておくかのどちらかしかない」

「わかった。わかったよ」マリーノはコーヒーをカップホルダーに戻し、朝食用サンドイッチの最後の一かけを口に押しこんだ。

ほどなく空港のマリン・エア・ターミナルの駐車場に到着した。マリーノは車を駐めるなり紳士用トイレに直行した。ラウンジに行くと、ルーシーが待っていた。ルーシーのフライトスーツ姿を見たのは久しぶりだ。野球帽をかぶり、サングラスをかけ、お気に入りのフライト用ブーツを履いている。あまりにも長いあいだ失われていた生気や高揚感がみなぎっていた。

「今朝のマリーノはどんな調子？」マリーノがゆうべどれだけのバーボンを飲んだかルーシーは知っている。

ほかにも、マリーノが他人の運転、操縦する乗り物が苦手で、表情には出さなくても内心ではびくびくしていることも知っている。

「コーヒーを飲みすぎていること以外に？」私はラウンジを見回した。古くて広々としたターミナルには、大勢の運輸保安庁職員と、ほかの乗客やパイロットが何人かいた。

「あらら、それはおバカさん」ルーシーはトイレから出てきたマリーノを目で追った。ジーンズとタクティカルジャケットという出で立ちのマリーノの表情はどこか不安げだ。

「あなたの操縦で飛ぶのが怖いらしいの。あなたの腕が錆びついてると思ってるみたい」私は言った。

「ならよかった」ルーシーは曰《いわ》くありげな笑みを浮かべた。

「何がよかったって？」マリーノが近づいてきて言った。

「ヘリコプター向きのお天気でよかったって話。まあ、このへんの空域は混雑してるから、のんびりおしゃべりしてる暇はないけど」ルーシーはマリーノを安心させるかのようにそう切り出したくせに、今度は不安を煽るかのように続けた。「ちょっとでも怪しい動きをしたら……」首を振り、小さく口笛を吹く。「F16戦闘機が追っかけてくる」

「それ、冗談だよな。な？」マリーノが飛行制限空域を飛ぶのは今日が初めてだ。

「即行で撃墜されちゃう」

「おまえ、いいユーモアのセンスしてるよな」マリーノは真っ赤な顔でルーシーをにらみつけた。

「冗談なんかじゃないってば」ルーシーはさらにマリーノの不安を煽る。そこにまじめを絵に描いたようなTSAの保安要員二人が近づいてきた。

その二人の案内で個室に移動し、そこで身体検査と荷物検査を受けた。私たちが金属探知機で体の前面と背面のスキャンを受けているあいだ、別の一人がそばでじっと見守っていた。痩せた体に大きすぎる灰色のスーツに、手入れの行き届かない灰色の頭髪と口髭《くちひげ》。どこかで見覚えがある気がした。

「ボブです」彼はそう自己紹介した。そうか、わかった。昔人気があった子供向け番組『キャプテン・カンガルー』の主人公にちょっと似ているのだ。「今日、ヘリに同乗します」

「国民の安全を守ってくれてありがとう」私はTSAの職員に会うとかならずそうお礼を伝えることにしている。

「フライト日和ですね」ボブはトートバッグを提げている。そこにはおそらく銃が入っている。

ボブに付き添われてルーシーの愛機ベル407GXPの駐機場に向かった。白地に青いストライプが一本入ったヘリコプターだ。副操縦士のクレアが後部のドアを開けてくれた。

「このまま風向きが変わらないでいてくれれば、リッチモンドまでまさにひとっ飛びですよ」クレアが言った。

ルーシーより少し年上のクレアは小柄で、黒っぽい髪をショートにし、目もとにいつも笑みを浮かべている。二人は前の座席に、マリーノとボブと私は後ろの座席に乗った。まもなくヘリコプターは離陸し、ポトマック川に向かって飛んだ。

「みなさま、ご機嫌いかがですか」ヘッドセットにクレアの声が響く。「当機は三十五分で目的地に到着します」

強い追い風に後押しされ、対気速度は百六十五ノットに達した。川沿いに高高度を高速で飛び、クワンティコまで来たところで内陸に進路を変え、州間高速九五号線をたどってリッチモンドを目指す。

眼下の景色をながめていると、むなしくなった。五年ぶりに目にしたリッチモンドは、いまふたたびの内戦を経て荒廃しきっていた。磨いたように艶やかな青空を飛ぶヘリから──高度六百フィートから──見下ろしても、破壊の跡は明らかだ。

板でふさがれた商店、抗議デモや暴動の嵐が吹き荒れるなか、破壊と略奪と放火の被害を受けたきり、二度と営業を再開しなかった商店。パンデミックもあった。私のお気に入りだった店や、私のキャリア初期を象徴する建物を含め、失われてしまった場所は少なくない。

「どっか第三世界の国みたいだな」マリーノの声がヘッドセットから聞こえた。すぐ隣に座って陰鬱な景色を見下ろしているマリーノの気分が伝わってきた。

「今年の初めごろはもっとひどかったですよ」クレアが言った。私は以前にもクレアの操縦でルーシーのヘリコプターに乗せてもらったことが何度かある。

「死者が出なかったのは奇跡です」私と向かい合わせの革シートに座ったＴＳＡの同乗者ボブが言った。

「これがリッチモンドだなんてとても思えねえよ」マリーノは被害がとくに大きいイースト・ブロード・ストリートにじっと視線を注いでいる。「ここでまた刑事をやりたいかって言われたら、返事に困るな」

あらゆる建造物にスプレー塗料の落書きがある。この高さからでは内容までは読み取れない。しかし読み取れなかろうが関係ない。その風景は幾度となくニュース番組で見た。ヘイト含みの卑俗でありきたりの文言が並んでいるだけだ――おまわりを殺せ、金持ちを引きずり下ろせ。一時期は人々が寝静まる深夜になっても銃声は鳴りやまず、南部連合旗をはためかせたピックアップトラックが、かつてあれほど美しかった街を走り回っていたという。

　これがヴァージニア州の州都リッチモンドとは信じがたい思いがする。街一番のにぎわいを誇るモニュメント・アヴェニューの惨状は目を覆うばかりだ。通りの名物だった数々の銅像は撤去され——その一部は怒れる民衆の手で乱暴に引き倒された——大理石の台座だけが点々と残されている。落書きだらけのみじめな姿をさらしているロバート・E・リー将軍の騎馬像はいまのところ無事だ。撤去がいったんは決まったものの、反対派が方針撤回を求めて提訴し、いまはその判決を待っている〔二一年九月に撤去〕。

「聞くところでは、心を痛めた市民が毎日夜明け前に街に出て、品性下劣な落書きを消して回ったそうです」クレアがインターコムを介して言った。「夜にはまたスプレー塗料まみれになるだけでしたが」

「今後もいたちごっこは続くんだろう」マリーノが言う。「けど、俺に言わせりゃ、くだらねえな。何をしたって歴史は消せない」

「それで歴史が書き換えられるわけでもないしね」ルーシーが右の正パイロット席から言い添えた。私から見えるのは頭のてっぺんだけだ。「そもそも銅像なんて建てちやいけなかった。あたしの記憶が正しければ、J・E・B・スチュアートやトーマス・〝ストーンウォール〟・ジャクソンあたりのよく銅像になってる人たちって、みんな戦争に負けた側でしょ」

「そうそう、アストロドーム前にビリー・ジーン・キングじゃなくてボビー・リッグズの銅像を建てるようなもの〔一九七三年にアストロドームで開催されたテニスの〝男女対抗試合〟では女子選手キングが勝利した〕」クレアがうなずく。「実際は負けたのに、まるで勝ったみたい」

「そういう観点から考えたことがありませんでしたよ」ボブが打ち明けるように言った。ヘリコプターはリッチモンド中心街の上空を飛んでいる。「問題は、記念碑や銅像や芸術作品を片っ端から壊し始めたらきりがないってことでしょうね。イギリスではウィンストン・チャーチル像まで標的にされているとか」

「クリストファー・コロンブス。エイブラハム・リンカーン」マリーノは、かつて私たちが住んでいたあたりを見下ろして首を振っている。

「コロンブスは理解できます」これはクレアだ。「アメリカ先住民を非道に扱ったから」

「そうかもしれないが、先住民がジェームズタウンの住人を虐殺した史実も忘れないでもらいてえな」マリーノが切り返す。仮に〝政治的公正《ポリコレ》コンテスト〟があったら、マリーノが優勝することは絶対にないだろう。「入植者をまるごと飢え死にに追いこんだ。砦《とりで》から一歩でも出ようものなら矢で撃ち殺した」

「全員が全員に対して残酷だと思えてきた」私は言った。ルーシーがおしゃべりはここまでと言い、管制塔とのやりとりを始めた。

「リッチモンド管制」ルーシーは無線で管制塔に呼びかけ、機体番号と空港までの距離を伝えた。「アルファ・コリドー、ヒーローエア・エリアへの進入許可を求めます」

管制からの返答は私たちには聞こえなかったが、ルーシーはその後もやりとりを続け、落書きの被害を免れた州議事堂周辺をゆっくりと一周した。美しく晴れた朝だ。気温は低すぎず、よく晴れている。ヴァージニア州は冬でも緑にあふれている。たくさんのクレーンがそびえていた。あちこちで建設工事が行われている。それでも街の輪郭は、私がここでキャリアをスタートしたころとほとんど変わっていない。

モダンな高層ビル群と呼べる区画は一つだけで、そのうち一番高い二十九階建てがジェームズ・モンロー・ビルディングだ。私はそのビルをよく知っている。あのころは州保健局長官の執務室を頻繁に訪れた。当時の長官ともそりが合わなかった。それでも、エルヴィン・レディと比べれば君子に思える。

上層階から外をながめているエルヴィンが目に浮かぶ。彼がいるビルのまわりを一周するこちらのヘリコプターが見えているだろうか。ルーシーは、動画を撮影中と管制に断りつつ、さらにもう一周した。それは決して嘘ではない。少なくともマリーノは携帯電話で動画を撮影している。

「こうやって挨拶しておくのが礼儀かなと思って」ルーシーはそう言う。職員が窓からこちらを見ている。

ルーシーはこちらの存在を見せつけるかのように一点でしばしホバリングした。エルヴィンがいま執務室にいるのなら、こちらの音が聞こえているはずだ。機体番号をグーグル検索すれば、私たちの機だとすぐにわかるだろう。だが、かまわない。もうやってしまったことは取り消せないし、私がヴァージニアに戻ってくる前からすでに動き出していた運命を甘んじて受け入れる覚悟はできている。マリーノが言うように、〝仕返しは怖い〟のだ。

あるいは、父の口癖《くちぐせ》を借りるなら、〝復讐《ふくしゅう》とは冷めてから出すのが一番うまい料理〟だ。エルヴィンが企《たくら》んでいる復讐はこれ以上ないほど冷え切っている。ヘリコプターは旋回し、ゴシック風の赤煉瓦のメイン・ストリート駅の上空を越えて川の方角に向かった。駅の時計塔はそろそろ九時を告げようとしている。そのちょうど向かいに公営駐車場がある。かつてそこに検屍局の本部があった。

建物の取り壊しを見守った記憶が蘇る。そのときの気持ちも。虚無感にとらわれた。現実とは思えなかった。旧遺体安置所によい思い出はないが、それでもやはり切なかった。新しく中心街にできた支局はコロシアムの近くにあって、ダウンタウンの大部分を占めるヴァージニア・コモンウェルス大学の施設に囲まれていた。ジェームズ川は、あのころもいまも変わっていない。曲がりくねりながら陽射《ひざ》しを受けて紺碧《こんぺき》にきらめく川、岩だらけで船が行き来できない川は、誇り高き街の頑固さを象徴している。

当時のリッチモンドは、私のようなよそ者に優しい街ではなかった。そして、いまの私が抱いている疎外感、自分は厄介者だという感覚は、あのころとまったく同じだと改めて気づいた。私がマイアミからリッチモンドに来て女性初の州検屍局長に就任したときの前局長は、エルヴィン・レディとよく似ていた。私は前任者が残した混乱を収拾するために招かれた。そして正常に戻したとたんに辞職を求められた。

今回もまた同じことの繰り返しだ。真実を探すために私を雇う権力者はこの先もいなくなることはないだろう。ただし彼らが期待するのは、あくまでも彼らが望む真実であって、本当の真実ではない。私はもうたくさんだと思い始めている。足の引っ張り合いやよそ者扱いに煽られた怒りの炎が噴き出してしまわないよう、全力で蓋を押さえつけてはいるが、今日はどこまで行儀よくしていられるか、保証の限りではない。

「シャットダウンが完了するまで、座席を離れないでください」クレアの声が聞こえた。ヘリコプターは高度と速度を落としながらウィリアムズバーグ・ロードを越えた。

青と白の管制塔が見えてきた。まもなくヘリコプターはホバータキシーに入り、木製のドリーに難なく降りた。羽毛のように軽やかな着陸だった。パイロット二人がラミネート加工されたシャットダウン・チェックリストを一つずつ確認しているあいだに、私はベントンにメッセージを送り、無事に到着したことを伝えた。

シートベルトをはずす。シンプルな白いコットンのブラウスを着てきていたが、ほかの服にするべきだった。ブラウスは早くも皺だらけだし、昨日ホワイトハウスに行ったときと同じスーツはなんとなく野暮ったい。まもなくローターブレーキがかかり、バッテリースイッチがオフにされ、前後のドアが開いた。

36

ヘリコプターのスキッドに足を下ろすと、すぐ近くにヘリコプターサービス会社の送迎車両が駐まっているのが見えた。小型でも省エネでもないピックアップトラックだ。

「そこの車、使わせてもらっていいのかしら」私はクレアに確かめた。

「どうぞ、ドクター・スカーペッタ」クレアが答える。私はクレアとルーシーとボブの三人に、すぐに戻るからと告げた。

理由までは詳しく話さない。州保健局長官の用件は、私を脅しつけるか、即座に解雇を言い渡すかの二つに一つで、いずれにせよ短時間ですむ。別にそれでかまわないが。

「ここで待ってるからね」ルーシーが言った。これほど意気盛んで自信に満ちたルーシーは久しぶりだ。

「いつ着陸したのかわからなかったくらいよ」大勢の他人の目がある場所だが、ルーシーを抱き締めたいという衝動に抗《あらが》えなかった。「腕が錆びついていたりなんてことはなかった」

「ええ、ほんとに。私が操縦桿《かん》を握ってアシストしなくちゃいけない瞬間なんて一つもありませんでしたよ」クレアは自分のことのように誇らしげだ。私が知るかぎり、クレアはルーシーがいまも話をする数少ない相手の一人だ。

ルーシーが心を開いて話せる相手がコンピューター上のアバター以外にもちゃんといる――そんなことを考えずにはいられなかった。私は借り物の〝ガソリン大食い車〟の助手席に乗りこみ、マリーノが運転席に乗りこんだ。携帯電話をチェックすると、ベントンから返信が届いていた。捜査の最新情報が書かれているメッセージに目を通そうとしたところで、ほかのメッセージが次々届いた。二通はDNA鑑定官のクラーク・ギヴンズからだ。先にベントンに電話をかけた。

「もしもし」ベントンが出ると、私は言った。「たったいま着陸して、車で空港を出発するところよ」

「マリーノにも聞いてもらいたい話がある」

「なんだか不吉ね」私は言った。「スピーカーモードに切り替えた。何かわかったの？」

「検屍局のDNAラボとまだ話をしていないようだね」

「クラークから電話がほしいってメッセージは届いている」私は答えた。車は州間高速六四号線西行きを走ってダウンタウンに向かっていた。

「クラークは、フルーグ巡査が預けた毛布と着衣の分析に、夜が明ける前から取りかかったようだ」ベントンが言った。「その結果、私は急遽ボストンに行くことになりそうでね」

ベントンはもう一人別の捜査官とボストンに飛び、グウェンの元ボーイフレンド、ジンクス・スレーターの事情聴取を行う予定だという。ジンクスにはまだそのことを知らせていない。また、グウェンのタウンハウスの空気注入式マットレスから持ち去られたスター・ウォーズの毛布の、血液で汚れていない部分から彼のDNAが検出されたことも知らされていない。

「ジンクスの精液がいつ付着したのかが問題ね」私は言った。「グウェンが殺害された先週の金曜の夜なのか。それとももっと前、グウェンがまだボストンで彼と同棲《どうせい》していたころなのか」

「俺が確実に言えるのは、ルーシーと俺がセキュリティのチェックに行った時点では、その毛布は確かにベッドにあったってことだけだ」マリーノが指摘する。

「でも、それ以前はどこにあったのかしら」私は訊く。「オールド・タウンに引っ越したとき持ってきたものなら、それが説明になるかもしれない。精液の染みは、もしかしたら古いものなのかも」

「先週金曜の晩にジンクス・スレーターがどこにいたか、確認は取れてるのか」マリーノが訊いた。

「感謝祭の連休は友人の家に泊まりに行っていたと本人は主張している。マサチューセッツ州ケンブリッジで最近交際を始めた女性の家だ」ベントンの声が送迎車両のなかに響く。「女性のほうもそれは事実だと証言しているが、恋人の証言では完全には信用できない」

「航空会社や有料道路の料金所の記録、そいつの車のナビの履歴なんかで確認できるはずだぜ」マリーノが言う。どうしても言わずにすませられないのだ。

私の夫に、仕事のしかたを指図せずにはいられない。ベントンは忍耐強くそれを聞き、シークレットサービスはほかの捜査機関と緊密に連携して調べを進めていると話した。ジンクス・スレーターが先週、マサチューセッツ州を離れてヴァージニア州北部に向かわなかったかを調査している。

「これまでのところ、その証拠は見つかっていない」ベントンはそう締めくくった。

私は次にクラーク・ギヴンズに電話をかけた。

毛布からジンクス・スレーターのDNAが検出されたのは事実だとクラークは認めた。ほかに、グウェンの爪の切りくずに付着していた皮膚細胞から未知の人物のDNAも検出された。

「何か検出できるとは思っていなかったわ」私は言った。「季節が冬で助かったわね」

「ええ、ほかの季節ならまず無理でした」クラークも言う。「夏に四日から五日もごみ容器に放置されていたら、残念でしたとあきらめるしかない」

私がゆうべ解剖室で集めた爪の切りくずを調べたところ、グウェンは犯人を引っかいたのかもしれないとわかった。

「ただし、ジンクス・スレーターのDNAではありません」クラークは説明を続けた。「さっきもちらっと言ったように、未知の人物のDNAです。これから統合DNAインデックス・システム《CODIS》に照合をかけます」

局長のお帰りまでにもっと情報が集まるのではと期待していますとクラークは言ったが、それはありそうにないと私は思った。あとで検屍局に戻ってなかに入ろうとしたら、私のキーはすでに無効にされていて、通勤用のスバル車も専用の駐車場も使えなくなっているという予感がする。エルヴィン・レディは周到な計画を用意しているだろう。その計画が現実になって、それを見届けるのを楽しみにしているに違いない。

車は州間高速九五号線を走り出していた。かつて私が教鞭《きょうべん》を執っていたヴァージニア医学校のキャンパスのそばを通り過ぎた。次に北十四番ストリートに入ると、メイン・ストリート駅がウィンドウの向こうに見えてきた。以前の私の人生に取り囲まれている気分だ。

「いまさらな話だとは思うが」マリーノが言った。「マギーは駐車場のことなんて何も言ってなかったよな」

「もちろん何も聞いてない」怒りが湧き上がる。どうして確かめておかなかったのだろう。

「この界隈《かいわい》だと、通り沿いのメーターつきの駐車スペースしかないんだよ。しかも空いてるスペースはまるでないと来てる」マリーノが言い、私たちは空きスペースやちょうど出ようとしている車がないかときょろきょろした。

マギーにメッセージを送ったが、返事はない。マリーノは目的地のビルの周囲を何度か回ったが、駐車スペースは見つからなかった。マギーからようやく返信が届いたとき、私たちはすでに数ブロック離れた公営駐車場に車を駐めていた。

「専用の駐車場はないそうよ」私は言った。マリーノは料金箱に五ドル札を入れているところだった。

「ゲームの始まり始まり」マリーノが宣言し、私たちはモンロー・ビルディングを目指し、猛然と歩道を歩き出した。

ガラス張りの正面玄関から飛びこんだとき、時計の針は十時ちょうどを指していた。そのあと大勢の州政府職員と一緒にエレベーターを待つことになって、約束の時刻よりずいぶん早く来ていたはずなのに、結局は遅刻することになった。途中の階で何度も止まりながら二十九階まで上るのには、永遠とも思える時間がかかった。やっとのことで州保健局長官の事務所のロビーにたどりついたときには、汗をかいていた。

こんな靴を履いてくるのではなかった。靴ずれができかけている。化粧直しの余裕もない。コートを脱ぎ、受付で名前を告げると、若く快活な受付係は困惑顔を作ってみせた。

「どうしましょう」受付係は、最近改装したばかりの広々としたロビーに鎮座するアンティーク風の振り子時計を確かめる芝居をした。

エルヴィンは就任早々、自分の帝国の内装を好みに合わせてがらりと変えたようだ。カーペットは真新しく、ソファや椅子はいかにもふかふかで、ヴァージニア各地の風景をとらえた絵画や写真がそこらじゅうに飾られている。受付係は私が約束の時間に遅れたことを説明する。

「お約束は十時でした」受付係はマリーノと私を見上げる。

「たしかに十二分遅れてしまったわ」私は言った。

「長官は、あなた方はお見えにならないと思ったのではないかと思います。それに今朝のうちに確認の電話をいただけませんでしたし」

「私たちのヘリコプターの音が聞こえなかったと言いたいの？　私たちが確かにここに向かっていることは、それでわかったでしょうに」

「ああ、さっきのヘリコプターはあなたのでしたか」なかなかの大根役者だ。「明日の同じ時刻でしたら、約束を取り直せますが。ご予定はいかがですか」

「あなた、お名前は？」私は尋ねた。

「ティナです」

「エルヴィンはいるの、ティナ？　会うまで帰るつもりはないから」

「つい先ほど外出したようです」

「それなら待たせてもらうわ」私はシルクでできたランの花のそばのソファに腰を下

ろした。「ドクター・レディに、私が来たと伝えてちょうだい」

このことをわざわざマギーに知らせるつもりはない。マギーが一枚嚙んでいるのはわかりきっている。マリーノと二人で公営駐車場から競歩の選手のように歩いてきたことを思い返すと、腹の虫が治まらない。

「でも、奥様《マアム》、長官は別の予定がありまして」ティナが念を押すように言った。及び腰になりかけている。

「私はどこにも行かないから」私はそう繰り返した。マリーノがガーゴイルのごとき形相で私の隣にどさりと腰を下ろす。

「それからさ、奥様《マアム》じゃねえんだよ。ドクターって呼べよ」マリーノは受付係に言った。「保健局長官殿に伝えな。俺たちがここで待ってるって。骸骨になるまで待ってやるからなって」

骸骨になるまでではなかったが、それでも長時間待たされた。二時間と二十分後、エルヴィン・レディは申し訳なさそうな顔でロビーに入ってきた。

「いやあ、すみませんでした。しかし十時にいらっしゃらなかったものだから。そこにちょうど知事からコーヒーの誘いがありましてね。あれやこれやですっかり遅くなってしまった」灰色のダブルのジャケットでぴしりと決めたエルヴィンは、小柄で、禿げ頭で、大きな鼻と小さな黒い目をした裕福なビジネスマンといった風情だ。

「明日のお約束ではいかがですかと申し上げたのですが」受付係のティナがすかさず口をはさんだ。

「明日だろうといつだろうと出直すつもりはないから、エルヴィン」私はソファから立ち上がった。「話があるならさっさと終わらせて。ないならそう言って」

「数分なら時間を取れますよ」エルヴィンは、こちらから連絡するまでいっさいの電話を取り次がないようにとティナに指示した。「あなたお一人で」マリーノは招かれていないと明確にする。

エルヴィンの案内で木の両開きのドアを抜け、彼の王国を見晴らせる角のオフィスに入った。有名人と撮った写真や賞状や学位記で壁という壁が埋め尽くされ、〝自分大好き〟なオーラを発散していた。ずらり並んだ〝トロフィー〟をながめるかぎり、州の高官に出世するに値する人物と勘違いしてしまいそうだ。

彼こそアメリカの公衆衛生の未来を委ねるにふさわしい人物と思ってしまうだろう。連邦の重要ポストに照準を定め、ホワイトハウスで高官と親しげに懇談するエルヴィンを私は想像した。

「さっきやかましい音を立てていたヘリ。あれに乗っていらしたんでしょうな」エルヴィンはドアを閉めて言った。「どうぞ楽になさってください、ケイ」

エルヴィンは大統領執務室《オーバル・オフィス》の来客用ソファに似た青いサテン地のソファを勧め、自分は権力者然として大きなデスクの向こうにどっかりと座った。

「知ってのとおり、姪《めい》がヘリコプターのパイロットだから」私は言った。「車で来るのはとても無理だったし。真夜中に出発しなくてはとても間に合わないもの。州間高速九五号線はいつも渋滞でしょう。北ヴァージニアはとくにひどいわ。あなたは私が絶対に約束に間に合わないようにあらゆる手を打った。私を長時間待たせたのは、十二分遅れたからではないわよね。あなたの頭にあったのは権力をひけらかすことだけ。あなたがすることすべてがそうなのよ」

「ところで、ルーシーはお元気ですか」エルヴィンはデスクに置いた両手を組み、本心からルーシーの様子を知りたがっているかのように顎を引いた。「いろいろご苦労があったそうですね。パートナーと養子に迎えた息子さんを亡くしたとマギーから聞きました。私もCOVIDで知り合いを何人も亡くしました」

エルヴィンは大きな革張りの椅子に体重を預けると、興味もないくせに私の家族一人ひとりについて近況を尋ねた。とはいえ、このささやかなドラマを計画したときの傲慢さはいくらか鳴りをひそめ、いまはためらいを感じているとわかる。私はさっさと本題に入るよう促した。

「言いたいことがあるならどうぞ」私は挑むように言った。「早いところ話をすませてしまいましょうよ、エルヴィン。どんな話でも聞く覚悟はあるけれど、穏便にすむとは期待しないで。もう遅いわ。私はもう多くを知りすぎている」

「ご自分がヴァージニア州民に不安を与えていることを理解していらっしゃいますか」エルヴィンは両手の指先を軽く合わせた。「いま世の中を騒がせているニュース特集をごらんになりましたか。マスコミが呼ぶところの〝鉄道殺人鬼《レールウェイ・スレイヤー》〟を取り上げた特集です」

「ええ、自宅の侵入未遂事件をでっち上げたのと同じテレビ・ジャーナリストが制作した番組ね」

「侵入未遂事件のことは知りませんが、ワシントンＤＣ一帯やその近郊の歴史ある街で連続殺人犯が市民の安全を脅かしているという印象を視聴者に与えたことには変わりません」エルヴィンは言った。「そのような節度のない報道にあなたが歯止めをかけられなかったのは遺憾です」

「殺人事件が起きれば地元企業には打撃でしょう。それが連続殺人となればなおさら」私は言った。「観光客は確実に激減する。しかも、ワシントンＤＣ周辺で人気の国立公園内で次々と遺体が見つかるなんて、悪夢でしかない」

「だから〝ドラマ・クイーン〟と呼ばれるんですよ、ケイ。昔からそこがあなたの重大な欠点だった。日常のつまらないできごとを明日のヘッドラインに変える」

「私に欠点はたくさんあるわ。でもそれはそのうちの一つではない」私は彼の目をまっすぐに見つめた。「さっさと片づけてしまいましょうよ。用件は何？」

「マギーによると、昨夜デンジャーフィールド・アイランドをうろつき回ったとか」丁寧な言葉遣いでうわべを繕うのはやめたらしい。「そうしたら、驚くなかれ、着衣やら遺体の一部やらが突然、見つかり始めた」それが私のせいだと言わんばかりだ。

「線路で一セント硬貨が一枚見つかったという話を小耳にはさみましたがね、事件と何の関係があるんです？」

エルヴィンは一枚だけだと思っている。私はオーガスト・ライアンの顔を思い浮かべた。オーガストはグウェンの遺体のすぐそばでコインを一枚見つけたが、ほかにも見つかったことは知らずにいる。マリーノと私で線路沿いを捜索してほかにも見つけたことはオーガストには伝えていなかった。フルーグは、オーガストにもほかの誰にもその件を話さなかったということだ。

「デンジャーフィールド・アイランドは、あなたにとっては馴染みの場所よね」私はエルヴィンに言った。「確かな筋から聞いた話によると、あなたは今年の四月十日、キャミー・ラマダの遺体が発見された現場に臨場した。奥さんも一緒だったとマギーは言っている。でも、私が見たどの報告書にも奥さんが一緒だったことは書かれていない」

エルヴィンは私の視線を受け止めたまま、黙っている。

「ふだんのあなたは、率先して現場に駆けつけたりはしない」私は話を続けた。「というより、現場を確かめに行くことなんてまずない。キャミーの現場にかぎって行こうと思い立った理由をぜひとも聞いてみたいわね。しかも奥さんと一緒に」私はその点を繰り返した。「二人で」ここでまた間を置いた。「おまけに、ディナーに出かけていたのに。あなたとヘレンの二人で現場にいた人たちがにおいで気づくくらい、ずいぶん酔っていたそうじゃない？」

エルヴィンは答えない。彼が現場に行った理由はわかりきっている。遺体が見つかった直後、これはトラブルになりかねないと予見した公園警察のライアン刑事がマギーに進言したからだ。

「マウントヴァーノン・トレイルをジョギング中の女性が襲われ、暴行されたあげくにポトマック川で溺死した。あなたたちとしては闇に葬りたい事件だったんでしょう」私はさらに続けた。「誰と密約を交わしたわけ、エルヴィン？　政治家？　それとも複数の政治家かしら。地元企業の経営陣？　ワシントンDC周辺地域の殺人事件発生率が低下したら、それは大手柄よね。犯罪統計を見て、この私でさえ感心したくらいだもの。このあたりもずいぶん安全になったんだなって」

「キャミー・ラマダは側頭葉てんかんの発作を起こしたんです」エルヴィンはそう反論しかけたが、私はその言い訳にならない言い訳、一人の人間が死に至った理由を不正に改竄《かいざん》した言い訳を最後まで口にさせなかった。

「キャミーの資料に隅から隅まで目を通したし、事件をよく知る人と話をして回ったわ。それにはフルーグ巡査も含まれる」私がそう言うと、エルヴィンはお得意の人を見下すような笑みを浮かべた。

「私なら、あの巡査を〝確かな情報筋〟には数えませんね」

「あなたの息がお酒くさいことに気づいたのは、彼女一人ではなかった」私はすべてを詳しく話した。四月十日の夜に起きたと私が考えていることすべてを詳しく。オーガスト・ライアンはマギーに連絡して公園で遺体が発見されたと伝え、エルヴィンにも知らせてほしいと言った。つまりオーガストは、まずは当直の監察医に連絡すべきところをすっ飛ばしたわけだが、それが主要な目的でもあった。検屍局長その人が現場に来たほうが都合がよかったのだ。そして実際、検屍局長が現れ、悶着《もんちゃく》の芽を摘んだ。

オーガストは、そうしておかなければ、あとで自分の立場が悪くなると考えたのだろう。オーガストについてマリーノはこんなことを言っていた――正しいことをしようとするたび、どこかから横槍が入る。エルヴィンが、従わないとどうなるかわかっているだろうなとオーガストら警察官を脅しつけている様が目に浮かぶ。

「あなたとヘレンは、お気に入りのレストランで食事をしたあと、帰宅するところだったんでしょうね」私はエルヴィンに言った。「ところが不思議なことに、マギーはそのお気に入りのお店の名前を思い出せないらしいの……」

37

「それだけでは何の証明にもなりませんね、ケイ」エルヴィンは車の流れを止めるときのように片手を上げた。

「あなたと奥さんをもめさせたくて言っていることではないの」私は穏やかな声でそう言い、ふたたび短い間を置いた。「あなたたちの関係がどうであろうと、私が口を出すことではない。ただし、それが刑事司法制度に悪影響を及ぼすとなると、話は変わってくる。四月十日の夜、マギーはなぜあなたと一緒だったの？」

「あなたに説明する義理はありませんね」エルヴィンはふいに冷ややかな声で言った。また両手の指先を合わせる。

「近いうちに誰かに弁解しなくてはならなくなるでしょうね、エルヴィン。あなたは殺人事件を世間から隠した。その後、別の女性が殺された——ことによると同一犯に。しかも遺体は同じ公園内に遺棄されていた。少しくらいは心配にならない？」

「後者の事件は明らかに殺人事件だ」エルヴィンは言った。「しかし、キャミー・ラマダは違います。あの夜マギーと私が一緒だったのは、その、私は買い物が苦手だからですよ。妻の誕生日のプレゼントを探さなくてはならなかった。本人はダイヤモンドのイヤリングを欲しがっていて、マギーがプレゼント選びを親切にも手伝ってくれたんです。そのあと、軽く食事をしただけのことですよ」

「どこで？」

「リッツ・カールトン・ホテルのファイブ・レストラン」エルヴィンが答える。くつろいだ雰囲気のレストランだ。

二人がお店を出ようとしたとき、マギーに電話がかかってきた。オーガスト・ライアンからで、デンジャーフィールド・アイランドで変死体が見つかったとの一報が入ったが、検屍局に直接連絡したくない、その前に検屍局長と話したほうがよさそうに思うと言った。私が予想していたとおりの内容だ。私の同僚として一緒に働くはずの人々に、エルヴィンの影響力がどれほど広く深く及んでいるか、私はこのとき改めて理解した。

「昨日、ホワイトハウスにいらしたんでしょう」エルヴィンはデスクから立ち上がって窓の前を行ったり来たりし始めた。「まだわかりませんか、ケイ？　私たちの誰もが誰かの指揮下にあるんです」

「そうね」それにはまったく賛成だ。「誠実でなくては職務を果たせない。たまのことであれ、嘘をつかなくてはならないような環境では私は働けない」私は立ち上がってコートを着た。

「着任からまだ一月にもならないのに」行ったり来たりしていたエルヴィンは足を止め、高価な腕時計をわざとらしく確かめた。

「ええ、新記録かしら」

「しかし、皮肉なものですね」エルヴィンは私と並んで両開きのドアのほうへと歩いた。「私があなたの教え子のなかで一番の劣等生だったころ、こんな日が来るとは想像もしていませんでしたよ。私があなたを解雇する日、あのころの私の気持ちをあなたが味わうことになる日が来るとはね。職務を果たすだけの能力がないと言い渡される気分を味わう日が」

「あなたが勝手にそう思っただけで、あなたの能力が足りなかったせいではないわ。あなたの本気度が足りなかっただけのことよ」私は言った。エルヴィンは私の説教を聞き飽きたようだ。

「では、ご自分のオフィスに戻って私物をまとめてください。一日か二日の猶予を差し上げますよ」エルヴィンもその程度の気遣いは発揮できるらしい。

ＩＤバッジや身分証明書、カードキーの返却をこの場で求めようと思えばできるのだと、まるで念を押すようにエルヴィンは言った。しかしお互いプロフェッショナルだし、長いつきあいがある。

「最後まで品位を保ちましょう」エルヴィンは言った。本当に保ちたいのは体裁だけのくせに。「ベントンと一緒にマサチューセッツに戻られますね？」

私はそれには答えず、最上階を占める彼の玉座の間を出た。まもなく、マリーノと私は借り物の車を駐めた公営駐車場に向かってまた歩いていた。

「ああ、信じられねえ」マリーノは何度もそう繰り返し、私はついにうんざりした。「お願いだから、これ以上いやな気分にさせないで」私は言った。「帰りのヘリのなかでも、この件にはいっさい触れないで。クレアやTSAの職員の前でこの話はしたくないの」

たったいま解雇されたことを、できれば世間に知られたくない。ところがエルヴィン・レディはやはりエルヴィン・レディだった。私が気をもむまでもなかった。ルーシーからリンクが送られてきて、すでに報道されているとわかった。ただし、私は解雇されたとは書かれていない。私が自ら辞職を申し出たことになっている。私が期待したとおりの仕事ではなかったことが理由だと匂わせるとは、利口なやり方だ。

局長職を引き受けたのは私の判断ミスだった。仕事が多すぎてこなしきれず、職員ともうまくやれず、規則を次々と破った。そのうえ世間の注目を自分に集めるような行動を取った。身内びいきをし、妹の配偶者でもある元殺人課刑事を登用した。記事には私の失敗と不手際が長々と挙げられていた。ヘリコプターに戻ったときには、誰もがすでに知っていた。

クレアは何も言わなかった。TSAの同乗者ボブは、レーガン・ナショナル空港までの帰路はずっと無言だった。マリーノは、言いたいことはあっただろうが、またも悪天候が近づいてくるなか、彼のピックアップトラックに二人きりで乗りこみ、マリン・エア・ターミナルを出るまで我慢していた。時刻は四時前で、州間高速三九五号線南行きを走り出すころには太陽が地平線の向こうに沈みかけ、一日は始まったときと同じように終わろうとしていた。

ベントンとは彼が飛行機に乗る前に短時間だけ話をした。今夜は戻らないという。ジンクス・スレーターの嫌疑は濃くなる一方だ。彼の供述には嘘が含まれていた――そう聞いても、いまさら誰も驚かないが。ベントンによれば、先週の金曜の夜、ジンクスはマサチューセッツ州にはいなかった。新しいガールフレンドと一緒だったわけでもない。

感謝祭当日、ジンクスはボストンから車でメリーランド州ベセスダに行き、翌日にボストンへ戻った。何が目的だったのかはわからないが、ことによるとグウェンの殺害とは無関係だ。それでも、オールド・タウンの近くに来ていたことは事実で、そこからならグウェンのタウンハウスに車以外の交通手段で移動できただろう。

「グウェンを殺す気でいたなら、自分の車は使わないよな」マリーノが言う。「レンタカーを借りて、記録が残らないよう支払いは現金ですませたとか。車を盗んだってこともありえるな。犯行後にどこかに乗り捨てた」

「それはジンクスが犯人だとしての話よね」私は言った。「仮にそうだとしても、キャミーの事件には説明がつかない」

「キャミーを殺した人物は別だったと考えれば説明がつく」

「そうね、その可能性はある」何もかもが憂鬱になった。これまで以上に不安が募った。「私が間違っているのかもしれないわ、マリーノ。線路に置いてあったコインにばかり気を取られていたのかも」

「いや、どのみちコインは捜さなくちゃならなかったさ、先生」

マリーノはドロシーに電話をかけた。そのあいだ、私は暗澹《あんたん》とした気持ちで思案した。これからどうしたらいいのだろう。ここまで心を削られたことが過去にあっただろうか。エルヴィンを追及したのは見当違いだったのかもしれない。キャミーは殺されたのではないとしたら。グウェンを殺したのは彼女に振られた元恋人なのだとしたら。あるいは、ロシアの組織なのだとしたら。

「……いま送っていくところだ」マリーノがドロシーに言っている。声の調子からすると、ドロシーはマリーノに腹を立てているらしい。「わかってる、約束したよな。明日か明後日《あさって》に延期するだけだ」

キャデラックの販売店がある交差点でウェスト・ブラドック・ロードに曲がったところでマリーノは通話を終え、ドロシーは一人で放っておかれるのがどうにも我慢できないんだよと言った。それくらいは私も知っている。本人はまだ気づいていないが、マリーノがいま目にしているのは、ドロシーの不満の最初の徴候にすぎない。それをきっかけにドロシーの関心はよそへと漂いがちで、その結果はマリーノを幸福にはしないだろう。

「そういう性格なの」私はマリーノに言った。「あなたが引退してくれているほうが好きなのも、だからよ」

「俺は引退なんかしてねえぞ」マリーノは自己弁護のように言い返す。

「一部のことからは引退したわよね」私は答えた。マリーノは世間知らずではない。

マリーノが私と働くことをドロシーは決して快く思ってはいない。私は過去にも二人の仲裁役を務めたことがあったが、今回もそうせざるをえないだろう。

「あれだ、マンネリってやつだよ、先生」マリーノは言った。「たとえばいまみたいなとき、うんざりしてくるんだ。ほかにもっとでかいことが起きてるのに、時間を割かなくちゃいけないことに。たとえば殺人とか起きてるときに」

「食事にでも連れていってあげたら」私は提案した。「まだ時間が早いわ。いったん私の家に行って、シャワーを浴びて、二人で何か楽しいことをしなさいよ。オーク・ステーキハウスに行くとか。二人ともお気に入りでしょう」

「あんたが首になるってのに、楽しめだなんて、何無理なこと言ってんだよ！　最初はうちの近所の住人が殺されて、今度はあんたが失業だ。ここに引っ越してきたのは間違いだったかもな」

「ごめんなさい」私は自分でも驚くほど冷静に言った。「でも、一緒に来てなんて私は一度も言わなかったはず。その理由はこれよ。それに、これからのことをあなたからドロシーに説明しなくちゃ」

「そうだな。あんたの言うとおりだ」マリーノは言った。そのいかにも気乗りしない声をドロシーに聞かれなくて幸いだ。

それも問題のうちなのだ。マリーノがドロシーよりも私といるほうを好むようになってては困るのに、また一緒に仕事をするようになって、すでにそうなり始めている。

「ドロシーがふだん以上に私に腹を立てたりすると、面倒なことになる」私は言った。

「あんたを検屍局で下ろしたら、ドロシーを食事にでも連れていくよ。ただ、あんたが一人で車を運転して帰るとしたら心配だな」

「いつかはそうするしかなくなる」私はそう答え、レックス・ボネッタにメッセージを送って駐車場に着いたことを知らせた。

レックスがまだ帰宅していないといいが。返信があり、まだ検屍局にいるとわかった。微細証拠ラボで落ち合いましょうと言うと、いまそこにいるという返事だった。

マリーノは定位置に車を駐めた。とくに意識して見たわけではないが、マギーのボルボは駐車場になかった。

「早退するのにぴったりの日を選んだようね」私は言った。「もちろん、彼女と顔を合わせずにすんでほっとしてるけれど。じゃあ、ドロシーと食事を楽しんできてね」

さっさとドアを閉めてマリーノに背を向けた。内心は不安だらけで、いまにも泣き出しそうだった。マリーノに表情を見られずにすんでいるといいが。いろんな感情が一気に押し寄せてこようとしていた。深呼吸をし、気持ちを落ち着かせてから、歩行者用の出入口のロックを解除した。無人の搬出入ベイを通り抜け、建物の一階に入った。ベイよりここの携帯電話の電波のほうが強い。さっそくルーシーに電話をかけた。

「いま無事に検屍局に戻ったわ」誰もいない解剖室の前を通り過ぎる。「マリーノとドロシーは外で食事をするって」

「ヘリはいま格納庫に移動中。あたしもこれから家に帰るところ」ワイヤレスのイヤピースにルーシーの声が届く。「おばさんはあとどのくらいで帰れそう？」

「そんなに長くかからないと思う。少し待たせてしまってもかまわなければ、今夜はあなたと私の二人だけで夕飯にしましょうよ」人類学ラボの前にさしかかる。大鍋で骨がかたかたと小さな音を立てている。

「タコスの材料ならそろってる」ルーシーが言った。食事の支度を手伝うと言ってくれるのは久しぶりだ。

「それはいいわね」私は非常口のドアを開け、階段を上って、走査型電子顕微鏡が設置されている別棟に向かった。

二階の廊下をたどりながら、一瞬、考えた――私がもうじき過去の存在になることを誰と誰が知っているだろう。ＤＮＡラボのエアロックや特殊な換気システムが設置されたクリーンルームや検査室を見学窓からのぞく。個人防護具で全身を固めた技官の何人かが顔を上げ、通り過ぎる私をちらりと見た。彼らは解雇のニュースをまだ知らないかもしれない。

それでも明日の朝、私が私物を片づけにオフィスに戻るころには、間違いなく全員が知っているだろう。潜在指紋ラボが見えてきた。せっかく来たのだから、案件の一つの進捗を確認しておくことにした。ベテラン鑑定官のアンディ・ペイシェントがドラフトチャンバーの前で作業中だった。手袋をはめ、マスクを着けて、ミイラ化した遺体から切り取ったしなびた指の先端に水を含ませて元に戻そうと試みている。

その遺体はもう使われていない納屋で発見された。私が局長に着任するずっと前のことだ。これまでのところ、暴力の痕跡は見つかっていない。遺体は高齢の白人のもので、死亡時は裸だった。着衣は、あわてて脱いで放り出したかのように遺体の周囲に散らかっていた。不審に思えるかもしれないが、実のところそうではない。

凍死しかけた人はしばしば、服を脱ぐという不合理な行動を取る。暑いと錯覚して、服を脱ぎ出すのだ。この男性はおそらく、寒い天候の日に暖を取ろうとして納屋に入り、凍死したのだろう。ただ、どこの誰なのか。人の気配すらない農場でいったい何をしていたのか。

「アンディ」私は入口で足を止めた。「調子はどう？」

「きっとうまくいくと信じていますよ」アンディはこちらを振り返った。しなびた指をピンセットでつまみ、もう一方の手で注射器をかまえている。

私が解雇されたことをすでに聞き及んでいるとしても、知らん顔をしている。

「ＩＡＦＩＳで照合するに足りる特徴点を備えた指紋を採取できると思います」ＩＡＦＩＳとは統合自動指紋識別システムのことだ。

「うまくいくことを祈りましょう。ＤＮＡでは運に恵まれなかったから」私は言った。アンディは炭酸ナトリウム溶液をピンセットでつまんだ指の先に染みこませた。ここから見るかぎり、親指のようだ。

問題の遺体は何日も前に調べた。筋肉や腱《けん》は腐敗してなくなっていたが、皮膚組織は残っていて、摩擦隆線《りゅうせん》も視認できた。私は指先を修復できないかやってみようと提案し、指をすべて中節骨で切断した。それ以来、アンディは干からびた指と向かい合い、どうにか指紋を採取しようと試みているが、いまのところ成果はない。

「それでも、別の突破口が開けたようです。身元が判明するかもしれない」アンディは指をシャーレに置いた。「警察からの連絡によると、二年くらい前、八十三歳の男性がウィンチェスターにある高齢者施設から行方不明になったとか」

男性は認知症を患っていて、配偶者はすでになくなっている。子供はいるが、離れて暮らしていて、親のことはまったく気にかけていないようだ。本人は誇大妄想がひどく、自分は政府に命を狙われていると思いこみ、それ以前にも何度も逃げ出していた。

「その人と考えて間違いなさそうね」私はアンディに言った。「DNAがCODISに登録されていない理由にもそれで説明がつく」

「遺体が発見された納屋は、高齢者施設から三キロと離れていないんですよ。それを考えるとやるせないですよね」アンディは手袋とマスクをはずしてこちらに来た。眼鏡の奥の青い目に疲れが浮かんでいる。顎まわりの無精髭《ぶしょうひげ》は塩をまぶしたように白い。「誰一人真剣に捜索しなかったんじゃないかと思えてなりません。本人は混乱した状態で施設を出たあと、寒さをしのげる場所を探したんでしょう」

「何月ごろ？」

「二月です。ちょうど寒波が到来していた」アンディは心の底から悲しそうに言った。「死亡診断書には事故と書こうとお考えですか」アンディにそう尋ねられ、私は答えなかった。

そのころには私はもうこの検屍局にはいないだろう。この男性の死亡診断書にサインするのは次の検屍局長だ。しかし、私は明日からもいつもどおりの日々が続くかのようにふるまった。

「その判断はもう少し様子を見てからにしましょう」

「訴訟に発展しそうな予感がします」アンディは白衣を脱いだ。

「そうね。親を捨てた子供たちが高齢者施設を訴えるのは間違いなさそう」私はそう言ってまた歩き出した。

いま向かっている微細証拠ラボが独立した棟に入っていることには、それなりの理由がある。

38

きわめてデリケートな装置に振動などの影響が及ばないよう、ラボには窓が一つもなく、壁と床と天井は鉄筋が入った分厚いコンクリートでできている。私が入っていくと、レックスは走査型電子顕微鏡（ＳＥＭ）の前にいた。微細証拠鑑定官のリー・フィッシュバーンもいる。

「昔から謙遜とは無縁の人でしたからね」レックスは私に気づくなりそう言った。誰の話か、私はとっさにわからなかった。「グレタ・フルーグの話ですよ。ついさっき、グレタと電話で話しました」

「目立ちたがり屋ではありますが、薬毒物鑑定官としては超がつく優秀さだ」リーが横から言った。リーとは私もリッチモンド時代に何度か一緒に仕事をしている。

豊かだった黒い髪は、後頭部を取り巻く白髪の三日月に変わっていた。あのころよりも痩せ、いくぶん猫背になっている。

「検査キットが完成したら提供してもらえることになりました」レックスが言った。視線を私にじっと据えている。もう知っているのだ。

あの目を見ればわかる。

「市中に蔓延し始めている、〝イソ〟――イソトニタゼン――みたいな危険な代物をいまより確実に検出できるようになりそうです」レックスは続けた。「ところで、局長がフランスから持ち帰ったワインに混入していた異物は、イソかもしれません」

「ちょうどいまそこに表示されているのが、ボトルから採取したサンプルの顕微鏡画像です」リーが飛行機のコクピットのように複雑なコンソールの上の液晶画面を指さした。

二千倍まで拡大した画像で、多色の顔料、銅、鉛、シリカ、コウモリの体毛、ピンク色がかった黄色いサンゴを思わせるツルニチニチソウの花粉粒が映し出されていた。

「ツルニチニチソウ？」私は訊き返した。ヴァージニア州には自生していない花なのに、いま住んでいる家の庭は、私たちが引っ越してきたときにはツルニチニチソウの蔓《つる》に占拠されていた。

原産地はヨーロッパで、一七〇〇年代にアメリカに持ちこまれた。ちょうど私たちの家が建てられたころだ。敷地内のあらゆるものにツルニチニチソウの花粉が付着していると考えて間違いない。顔料そのほかの微細証拠もひととおりそろっているだろうし、コウモリの体毛だって、あってもおかしくはない。

ワインに異物が混入された現場が私たちの家の地下室だったと判明したら、気が滅入《めい》るどころの騒ぎではない。汚染されたものがほかにもあるのだろうか。疑念が一気にふくらんで、いても立ってもいられなくなった。

「顔料についてわかっていることは？」私は画面に映し出された顔料に目をこらしながら尋ねた。

「古いもの。百年単位の古さですよ」リーが答えた。「緑の塗料にはヒ素が含まれていますが、そんなものは何世紀も前から使われていませんから。白い顔料は鉛で、青はラピスラズリ。昔はもっとも高価な塗料の一つでして、価値ある美術作品、たとえば聖母の絵などにしか使われませんでした」

「こういった微細証拠から、何か思い当たることはありませんか」レックスが言った。

私の家で採取した微細証拠を顕微鏡で分析したら、いったいどんなものが見つかるだろう。私たちの前の持ち主である元駐英大使が住んでいたころは、時代の古い貴重な美術品が無数にあったという。旅行先で価値のある絵画や彫刻、タペストリーを買い集め、家の各所に飾っていたようだ。

ＳＥＭやＸ線回折で検出された微細証拠が私個人と結びつくかもしれないことを、リーに悟られないようにした。レックスでさえ、毒入りワインの背景を詳しくは知らずにいる。私が海外で贈り物として受け取ったこと、軽率にもテイスティングしたことしか知らないのだ。エルヴィンが事情を知らないのは――いまのところはまだ知らずにいるのは――幸いだったと言えそうだ。今日はもう家に帰ろう。さんざんな一日だった。

「何があっても分析は続けて」言わんとしていることはレックスには伝わったはずだ。「明日の朝はオフィスにいるから」私は廊下まで一緒に出てきたレックスに言った。「薬毒物のスクリーニング検査で陽性が出たら知らせて」

「本当は辞職なんてなさっていないんですよね」レックスが言った。「エルヴィン・レディなんてクソ食らえだ。なんであんな奴のために局長が辞めなくちゃならないんですか。ほかの職員の態度が妙なのは、あいつが怖いからですよ、ケイ。あなたはまさに期待の星だったのに。あの男の圧力を排除する唯一のチャンスだったのに」

「今回はエルヴィンの思惑どおりの結果になったみたいよ」私は言った。「でもありがとう、レックス」階段に向かって歩くあいだも、レックスの視線を背中に感じた。

ルーシーの腕は錆びついていなかったが、私はどうなのかと心配になった。このところの私は、あれこれ迷ったり、不安にとらわれたりしてばかりで、何一つまともに判断できない。キャミーの死の謎が解明されないのではないかと、それも心配だ。私がいなくなったとたん、私がラボに再開を指示した検査や分析は停止してしまうだろう。キャミーの事件はふたたびなかったことになり、遺族はいつまで待っても納得できる答えを得られない。

搬出入ベイに下りると、ワイアットがシャッターを開けて霊柩車をなかに入れようとしているところだった。私はおつかれさまと声をかけた。

「お辞めになるとか」ワイアットが言った。「もっといてくれればよかったのに」

「ありがとう、ワイアット」私は応じた。「じゃあ、また明日」

スバル車に乗ってエンジンをかけた。帰り道はずっとラジオで音楽を聴いていた。誰かと話したい気分ではなかったし、辞職を知った妹の反応も恐ろしかった。いまごろは聞いているかもしれない。マリーノがコスモポリタンで——あるいはドロシーがお気に入りのアップルマティーニだろうか——妹をなだめ、思いこみを正す光景が目に浮かぶ。

まだドロシーに話していなかったのなら、私は辞めたのではないとマリーノは言うだろう。実際には解雇されたのだと話し、ベントンとルーシー、私がヴァージニアを離れるなら、自分たちも一緒に行くと言うだろう。私たち三人がマサチューセッツに戻るなら、自分たちも行くことになると。そこからの展開を予想するのは簡単だ。ドロシーはショックを受け、動転しているふりを装うだろう。そして私は、〝あのときはびっくりしたわよ〟とこの先ずっと言われることになるのだ。

考えただけでうんざりしてくる。なぜ私がそんな目に遭わなくてはならないのか。それでもドロシーは、アドバイスと質問を数限りなく私に投げつけるだろう。そうしながら、内心では私の挫折をひそかに喜ぶ。家に着く直前、私はマイナス思考もたいがいにしなさいと自分を叱りつけた。ルーシーを心配させたくない。たくさんの防犯カメラが私の帰宅を知らせているのは間違いない。

私がドライブウェイに車を乗り入れると、ガレージの前でルーシーが待っていた。スウェットの上下にスニーカー、ボマージャケットという出で立ちだ。木製のシャッターの一つを開けてくれた。スコティッシュフォールドのマーリンは、尻尾を震わせながら近くを行ったり来たりしていた。私はルーシーがマーリンを抱き上げて安全を確保するのを待ってから、スバル車をガレージに入れた。車を降り、ルーシーと力を合わせてシャッターを下ろす。それから私はルーシーを抱き締めた。もっと早くこうしたかった。

「ルーシー、今日のあなたはすばらしかったわ」私は一緒に玄関のほうに歩き出しながら言った。「あなたのおばさんは、ごたごたに巻きこまれてばかりいてどうしようもないけど」

玄関を開けると、ニュース番組がかかっていた。マーリンも私たちにくっついてキッチンに入ってきた。スパイスをたっぷり使った牛ひき肉がガスレンジでことこと煮え、クッキーシートにタコスの皮が並んでいた。私のおなかが鳴った。カウンターには年代物のテキーラと氷を入れたシェイカーとグラスが二つ並んでいる。

ルーシーはスウェットパンツの背中側から拳銃を抜いてカウンターに置いた。片隅にポンプアクション式ショットガンが立てかけられている。あのショットガンは何と私は尋ねた。

「母屋と離れを武器なしで往復するなんて、こんなにいろんなことが起きた以上はもう無理だから」ルーシーは答えた。「ママは完全に怯えちゃってるし、自宅防衛にはショットガンが一番でしょ」

「恐ろしい考えね」ドロシーが〝砦を死守しよう〟と思い立ちでもしたら、どうなることか。考えたくもない。「ドロシーはしばらくうちで寝泊まりするつもりでいるんじゃないかしら」抽斗からナプキンやフォークを取り出す。

「いまはコロニアル・ランディングで暮らすのはきつそうよね」ルーシーはジャケットを脱いで椅子の背にかけた。「マスコミが群がってるし、野次馬も絶えないし。デイナ・ディレッティはまだ取材でうろうろしてる。どういう神経してるんだろう。自分の家の侵入未遂事件の容疑者なのに、どこ吹く風って感じ。でも、かえって人気が出ちゃったみたいで、ネットのトレンド入りしてる」

「そのうち警察が証拠を捏造したとか言い出すわよ、きっと」

「もう言ってる。食前酒、飲む？」

すぐにでも飲みたい気分だと私は答えた。ただ、その前に片づけておかなくてはならないことがある。

「地下室のワイン」私はさっき微細証拠ラボで見たものを思い返しながら、ルーシーにことの次第を話した。「いじられたのが問題の一本だけだと確かめておきたいの」

「心配のしすぎだと思うな」ルーシーは言った。私がプレゼントしたブレスレットを着けている。

「似合うわ」私はそれに軽く触れてから戸棚の前に行き、必要な皿を下ろした。「心配だからじゃないのよ。証拠物件かもしれないから」

カーテンを閉ざした窓の前の朝食用のテーブルに皿やフォークを並べながら、帰宅する直前に知らされた事実をルーシーに伝えた。ボルドーワインのボトルから検出された、顕微鏡でなくては見えない微細証拠の由来は、もしかしたらこの家かもしれない。

「この家の地下室でワインに毒物が混入されたのだとしたら？」私はルーシーに言った。「私がフランスから帰国して以来、出入りした人は大勢いる」

「たしかに」ルーシーが言った。「でも、防犯カメラの録画をさかのぼってチェックしたけど、敷地を出入りする不審者の映像はなかった」

「ともかく見てくるわ。あんなことが起きたあとだもの、確認しないわけにはいかない」ブリーフケースを開け、ルーペ眼鏡とニトリル手袋を取り出す。「ほかのボトルもいじられていたら、すぐにわかると思う。注射針の痕を探せばいいともう知っているわけだから」

「手伝おうか」ルーシーは火にかけたひき肉をかき混ぜながら言った。

「大丈夫。すぐ戻るわね」

「ついでにテキーラをもう一本持ってきて」

「了解」私は地下室の下り口に向かった。マーリンがすぐ後ろをついてくる。

木の階段を下り、電灯のスイッチを入れながら一つの部屋から次の部屋へと進む。前回と同じ、どこから来るのかわからない冷たい隙間風を感じた。マーリンが猫用ドアのそばを通り過ぎたとき、外側でかちりと小さな音がして、アクリル扉のロックが解除された。風が勢いを増し、木の枝が窓ガラスを叩いている。

マーリンを影のように従えて冷蔵庫の前に来ると、ニトリル手袋をはめてルーペ眼鏡をかけた。ボトルは十四本。極上のバーガンディとボルドーが並んでいる。芳醇《ほうじゅん》なイタリア産の赤、繊細な味わいの白も。一本ずつ確かめた。アルミのキャップシールとその下のコルクに、注射針などを刺した痕はない。

「ここまでは順調ね」私はマーリンに話しかける。マーリンは私の脚に体をこすりつけた。「何年がかりかで集めたすばらしいワインを処分しないですみそうよ」そう続けたとき、猫用ドアのロックがまたも解除される音がした。しかし、マーリンはロック解除の信号がとうてい届かない距離にいる。

私はルーペ眼鏡をはずして凍りついた。自分の目を疑った。アクリル扉を押し開けて、まずは赤いひっかき傷だらけのたくましい男の手が、次に黒い長袖に覆われた腕が、屋内に伸びてきた。マーリンが背中を丸め、しゃあと威嚇の声を上げた。男の手は、ドアの上方を探って内側のハンドルをつかもうとしている。私は考える間もなく反応した。

男の肘を思いきり蹴った——本来曲がるべき側とは反対の向きに。木の枝が折れるような大きな音がして、肘関節がはじけた。猛烈な痛みに耐えかねて、男が遠吠《とおぼ》えと悲鳴が混じったような声を上げた。私は小走りに地下室を抜け、大声でルーシーの名を呼びながら階段を上った。ところがルーシーはどこにもいない。

カウンターからルーシーの拳銃を取り、家のなかを飛ぶように駆け抜けて玄関から外に出た。心臓が激しく脈打っている。足もともろくに見えない闇のなかを走った。見る前に、重たい音だけが聞こえた。ルーシーがショットガンの台尻で男の頭を殴りつけている。ショットガンを持ち上げては、何度も振り下ろす。

侵入者は力なく横たわっていて動かない。右腕が不自然な角度に曲がっていた。そばにスプレー塗料の缶が転がっている。行方不明だった猫の首輪も。黒っぽい服にブーツを履いた男のずんぐりした輪郭がかろうじて見分けられた。

「ルーシー、もういいわ」私はルーシーを驚かさないように気をつけた。ルーシーは憑かれたようにショットガンを振り下ろし続けている。一撃ごとに、おぞましい音がした。「ルーシー。もうやめて。もう大丈夫だから」

振り向いたルーシーは肩で息をしていた。目を大きく見開いて私を凝視する。私は両腕で抱き寄せた。血のにおいがした。ルーシーの顔が血で濡れていた。

「もういいの」私は言った。男の様子をよく見た。身動きをしていない。もう二度と身動きをすることはない。私はルーシーの手からショットガンを受け取った。台尻がぬるぬるしていた。死体の傍らにしゃがんだとき、検査用のニトリル手袋をはめたままだとぼんやり意識した。

「撃てなかった。ドアを貫通して、おばさんやマーリンに当たるかもしれないから」ルーシーは言った。それがショットガンを執拗《しつよう》に振り下ろした説明になるかのように。

男の首筋に指を当てた。脈はない。もちろん、この無残な有様《ありさま》を見れば当然だろう。私はポケットから携帯電話を取り出し、懐中電灯アプリを起動して、鮮やかな赤い色をした血や骨のかけらや脳組織にその光を向けた。男を仰向けにする。頭がつぶれていたから、誰なのか、とっさにわからなかった。

「うそ」ルーシーがつぶやく。「信じられない」

エピローグ

三日後

ソースは期待以上の出来だった。几帳面に折りたたんだ紙ナプキンの上に木の調理スプーンを置いた。

「ガーリックをあるだけ入れるのがコツね」私はマリーノに言った。「ワインも同じ」ワインを鍋に少し足して、ボトルをマリーノに見せる。「お安いテーブルワインが一番。味があまり複雑じゃないもの」

マリーノもエプロンを着けてキッチンに立っている。二人でルーシーの誕生日祝いのディナーの支度中だ。いろいろなことがあって、すっかり延び延びになっていた。五十二歳の建設作業員、ブーン・コットンをルーシーが殺害して以降、目が回るほど忙しかったのだ。コットンは秋口からうちの庭の整備を手伝ってくれていた。

最近では、グウェンが改装途中の現状のままでいいと言い張って契約し、荷物をほとんど運びこまなかったタウンハウスの片づけも引き受けていた。コットンが乗っていたホンダのミニバンのエンジンはとても静かで、コロニアル・ランディングのゲートを出入りするときも、不気味な音楽を大音量で流していれば、エンジン音はほとんど聞き取れなかった。

コットンは事件当日のもう少し早い時間帯にグウェンに届いていた荷物をくすねた。グウェンが荷物の行き先を心配したのは当然だろう。マルウェアを仕込んだ携帯デバイス充電器が他人の手に渡ったら一大事だ。だから管理事務所のクリフ・サロウに電話をかけ、自分に届いた荷物はどこにあるのかと問い合わせた。

コットンはコロニアル・ランディングで仕事をしたことがあったから、日没後に来て入口ゲートのカメラをビニール袋か何かで覆うのは簡単だったはずだ。知恵の回る人物だったなら、行方不明の荷物を持ってグウェンの部屋のパティオに面したドアをノックし、別の部屋に間違って届いていたなどと言っただろう。

グウェンはコットンに見覚えがあったのかもしれない。だから防犯アラームを切ってドアを開けた。コットンはアレクサンドリア市周辺でいくつも仕事をこなしており、オールド・タウンの建物に詳しかった。目当ての建物にどうすれば出入りできるか知っていたし、ゲートのロックを解除するためのグウェンの暗証番号も何らかの手段で手に入れたに違いない。

未解明の謎はほかにも数多く残っているし、今後も解明されないままになるだろう。それはほかの多くの殺人事件にも当てはまる。今回の場合、疑問に答えられる人物は二人だけで、しかも二人とも死んでいる。たとえ生きていたとしても、コットンはいっさいの罪を認めなかったに違いない。サイコパスの大半がそうだ。周囲の誰よりも自分は賢いと信じ、最後の息を引き取る瞬間まで否定し、嘘をつき続けるのだ。

「俺がいまだにショックなのは、ドロシーがグウェンを訪ねたとき、コットンって野郎が二階のスペアルームにいて、工具や何かにビニールシートをかける作業をしてたってことだ」マリーノは大きなまな板の上でフォカッチャを切り分けている。

「ドロシーが行ったとき二階にいたのがコットンだという確証はないのよ」私は新鮮なバジルをちぎり、特製ボロネーゼソースに加えてかき混ぜた。「確かなのは、スペアルームから男の話し声が聞こえていたことだけ」

「いや、十中八九、いたんだよ。奴のDNAと指紋が検出されてるんだから」

ブーンのDNAは、重さ四・五キロのダンベルからも検出された。グウェンがブーンを引っかいた爪からも。両手を切り落とした理由はおそらくそれだろう。ブーンはグウェンに激しく抵抗されるとは予想していなかった。キャミーのときも同じだ。デンジャーフィールド・アイランドの公園を貫いて走る線路に幼いブーンを連れていったとき、おじのエースが自分を思いどおりにしたように、自分も相手を思いどおりにできると信じていた。

一九七〇年代のできごとだ。〝エースおじさん〟はブーンに一セント硬貨を渡して線路に置かせた。列車をわくわくしながら待つあいだ、二人はトラックのカセットプレイヤーで『ショック・シアター』のテーマ曲を聴いた。そうやって次の列車を待つあいだ、エースおじさんはブーンに性的虐待を加えた。ベントンが事情聴取したコットン家の面々によれば、虐待はブーンが十二歳になるまで続いた。そのころエースおじさんは、バーで誰かに瀕死《ひんし》の重傷を負わせ、刑務所行きになった。

ブーン・コットンの少年時代は、自分が受けた暴力行為を他人に繰り返す数多《あまた》の犯罪者のそれと似通っている。ブーンは虐待され、自尊心に傷を負った。誰かをレイプするたびに、そしてのちには殺すたびに、自分の虐待経験を再体験していた。私の夫はそう説明する。コットンが被害者を殺すようになったのは、キャミーの事件からだろうとベントンは考えている。

パンデミックのストレスで、暴力的な空想や行動がいっそう加速した可能性もありそうだ。暴虐のゲームのレベルは上がり、ついに最初の殺人を犯すに至った。ベントンはそう確信している。それ以前から自分のフェティシズムの対象物の窃盗を重ねたのち、一九九〇年代には犯行がエスカレートしてレイプ事件を繰り返すようになっていた。容疑者に挙げられたことは一度もなかった。愛想がよく、気の利いた冗談をすかさず口にするようなナイスガイだった。

女性の目には親しみやすい人、チャーミングな男性とさえ映った。自分は異性にもてるとコットンはうぬぼれた。ベントンによると、それも自己愛性妄想のうちだ。コットンは、自分がつけ狙う女性はみな、自分が彼女たちを求めていると同じくらい強く自分を求めていると信じた。まったく知らない相手であろうと関係なかった。だから抵抗されたとたん、コットンは爆弾のように爆発した。

怒りに目がくらんだコットンは、重量四・五キロのダンベルを持ってグウェンを追い回した。キャミーの頭を地面に打ちつけ、溺死させた。いずれの事件でもコットンが盗んだのは携帯電話だけで、二つともレーガン・ナショナル空港近くのコットンの自宅から発見された。

「でも、彼が新たな事件を起こす心配はもうないわけだし」マリーノにそう言ったとき、玄関の呼び鈴が鳴った。「あとは片をつけたのがルーシーでなければよかったの

に と思うだけ」

まもなくルーシーが入ってきた。今日のゲストを伴っている。誰でも好きな相手を招待していいと言うと、ルーシーが選んだのはベントン、ドロシー、トロン、副操縦士のクレア、それにブレイズ・フルーグ巡査だった。全員でにぎやかにしゃべりながら、さっそくテキーラを飲み始める。みなくつろいだ服装をして、楽しげだ。ルーシーも含めて。たとえうわべだけのことだとしても。

ルーシーは前にも人を殺しているし、今後も必要に迫られれば殺すだろう。いまルーシーを悩ませているのは罪悪感ではない。ジャネットのアバターが犯したへまを解決するのに苦労している。アルゴリズムは、防犯カメラのレンズにスプレー塗料を吹きつけられることまで想定していなかった。しかもブーン・コットンは、うちの敷地を隅々まで把握していた。

庭の作業に何度も通うあいだに、うちの家族ともひととおり言葉を交わしていた。コットンの生き生きと輝く瞳、憎めない笑顔を私も覚えている。感じがよく、ジョークがうまい。とりわけ蒸し暑かった日、ツルニチニチソウなどの蔓植物《つるしょくぶつ》を刈る作業をしていたコットンにアイスティーを持っていったこともあった。彼はうちの敷地に何度も来ていた。直近は五日前で、設置したばかりの格子垣にペンキを塗ってもらった。

その日、ドライブウェイにホンダのミニバンが駐まっているのを見た覚えがある。その後、帰る前にマーリンを甘い声で呼び寄せ、首輪を奪ったのだろう。コットンは、防犯カメラがどこに設置されているか正確に把握していた。それを考慮に入れて計画を立てた。運命の夜、彼が首輪とスプレー塗料を持って敷地に忍びこんだとき、ルーシーはタコスを作るのに忙しかった。

だから、防犯カメラの映像をリアルタイムでチェックしていなかったし、ジャネットがようやく異常を察知してアラートを発したのは、コットンが盗んだ首輪を使って猫用ドアを開けてからだった。新しいほうのICチップ入り首輪とシリアル番号が違っていることをアルゴリズムが検知したのだ。ルーシーの携帯電話に通知が届き、その意味を瞬時に察したルーシーは、ショットガンを持って飛び出した。

すべてが終わってからルーシーが話したところによると、ルーシーが駆けつけたとき、コットンは暗闇のなかで折れた腕を胸に抱えていた。ルーシーはその後頭部にショットガンの台尻を叩きつけた——コットン自身がグウェンの後頭部にダンベルを叩きつけたように。

「秘伝のソースを電子レンジから出してもらえる？」私はルーシーに頼む。ベントンは、私がいる寄せ木のカウンターのすぐとなりにマルガリータのグラスを置いてくれた。

「お好みのとおりにお作りしましたよ」ベントンは言った。「少量のアガベシロップ、フレッシュライムの絞り汁。ステアではなくシェイクで」

「ありがとう、ジェームズ・ボンドさん」私は抽斗から調理用の刷毛《はけ》を取った。ルーシーが電子レンジからガラスのボウルを取り出す。溶かしバターにチーズ、ガーリック、それに私が秘密にしている材料が入っている。

「死ぬほどおいしいんだから」ルーシーがトロンに言った。二人はどうやら意気投合したらしい。「おばさんのガーリックブレッドはね、ほんと信じられないくらいおいしいの」トロンだけにそう繰り返す。そうやって他人に関心を持ってくれるのはよい徴候だ。

「何と何が入ってるの？　ねえ、教えてくださいよ」クレアが私にせがむ。「ずるいなあ。教えてくださいってば」

「無理無理」ドロシーはマルガリータのシェイカーに氷を入れた。「ケイのガーリックブレッドなら、もうラシュモア山くらいの量を食べてきたわよ。ピートと私にはエクサイズの習慣があるからこの体形を維持できてるだけ。何にせよ、ケイは誰にせがまれたって作り方は絶対に教えないの」

「あたしにも教えてくれない」ルーシーが言う。

「絶対に吐こうとしねえ」マリーノがうなずく。「酔っ払わせてみたこともある。それでも口を割らなかった」

「私、秘密を聞き出すのなら得意ですけど」フルーグがからかうように言った。

「考えるだけ無駄だ」マリーノがフルーグに言った。「おまえ程度じゃ無理だよ。この先生が相手じゃな」

「絶対に無理」全員が声をそろえた。

私は切り分けたフォカッチャに秘伝のソースを塗ってオーブンに入れた。そのとき、ベントンの携帯電話が鳴った。画面を見て発信者を確かめると、ベントンは少し離れたところで電話に出た。そのまましばらくは無言で相手の話に聞き入っていた。

「ありがたい知らせですね、ひとまず」ようやくそう言うと、こちらを向いて私の視線をとらえ、小さな笑みを浮かべた。「ええ、ここにいますよ」そう言って私に電話を差し出す。「ロシアがジャレッド・ホートンをアメリカに引き渡したそうだ。彼女がきみに替わってくれと言っている」

「ホートンときたら、宇宙飛行士二人は互いに殺し合ったんだと言い出しているのよ」ガブリエッラ・オノーレが電話の向こうで言った。「自分はだから脱出した、と。ほかにどうしようもなかったから」

「スペースデブリが衝突したという話はどうしたのかしら」私は訊いた。

「そうよね、その話はどうしたのかしら」

「もちろん、私たちはもう真相を知っているけれど」

「二人が長年続けていた行為に関して、大量の情報が集まってきている」ガブリエッラが言った。「スパイ行為をしていたのは間違いない。ダメージを回復するには長い時間がかかりそうよ。ただ、一部は回復できないままになるでしょうね。ホートンの計画では、グウェン・ヘイニーとアルゼンチンで合流することになっていた。そこに隠れ家を用意していたのよ。グウェンは自分の荷物の大半をすでにそこに移していた」

「借りていた部屋にほとんど何もなかったのはそういうことね」

「ブエノスアイレスで二人のアパートが待っていた。スパイ活動の同僚というだけの関係ではなかったのは明白ね。でも、その話はこのくらいにしましょう。それよりお元気、ケイ？　あんなことがあったのに、生きてぴんぴんしていると聞いて本当に安心したわよ。私の代わりにワインのテイスティングをしてくれたお礼を言わなくちゃ」ガブリエッラはそう冗談を言った。

「どういたしまして」私も軽い調子で返す。マーリンが来て、また私の足首に体をこすりつけた。

「それでね、異物を混入した犯人が判明したの。とても裕福だけれど不満を抱いたワイン醸造家が、ライバル醸造家に再起不能な打撃を与えようとしてやったことだった」ガブリエッラはそう話した。

私はその醸造家に関していくつか質問をした。その男はフランスの十六世紀築の古城に住んでいて、城内は貴重な美術品であふれ、贅沢《ぜいたく》な庭に囲まれているという。ボルドーのボトルから検出された微細証拠を思い返す。これで説明がついた。

「その醸造家は、ほかにも数本に〝イソ〟を混入したけれど、フランス警察がすべて押収した」ガブリエッラは続けた。「その数本だけで、ほかにはないと確認が取れている」

「私たちみんなが無事で本当によかったわ」私は言った。

「そういえば、気が変わったそうね。辞職はやめにしたとか」ガブリエッラは皮肉をこめてその一語を強調した。といっても、私が決めたことではない。

気が変わったのはエルヴィン・レディだ。出してもいない私の辞表を受理しないと決めた。噂では、別のポストの後任候補に名前が挙がっているらしい。私としては、〝いい厄介払い〟の一言しかない。エルヴィンの新しい職場がどこになるにせよ、マギーは一緒には行かない。これから毎日、彼女にどう接していくかは様子を見ながら考えようと思う。

「またインターポールで会える日を楽しみに待っているわ。近いうちであることを祈る」ガブリエッラが言い、私たちは電話を終えた。私は自分の飲み物のグラスを取った。

「乾杯しましょう」大きな声で一同を促す。「ルーシーに。遅ればせながら、誕生日おめでとう」みながグラスを合わせた。

「そしてもう一人」フルーグがそう言って私のほうにうなずいた。「ケイの局長復帰を祝して、乾杯」

|著者| パトリシア・コーンウェル　マイアミ生まれ。警察記者、検屍局のコンピューター・アナリストを経て、1990年『検屍官』で小説デビュー。MWA・CWA最優秀処女長編賞を受賞して、一躍人気作家に。ケイ・スカーペッタが主人公の「検屍官」シリーズは、1990年代ミステリー界最大のベストセラー作品となった。他に、『スズメバチの巣』『サザンクロス』『女性署長ハマー』、「捜査官ガラーノ」シリーズなど。

|訳者| 池田真紀子　1966年生まれ。コーンウェル『スカーペッタ』以降の「検屍官」シリーズ、ジェフリー・ディーヴァー「リンカーン・ライム」シリーズ、ミン・ジン・リー『パチンコ』、ガブリエル・ゼヴィン『トゥモロー・アンド・トゥモロー・アンド・トゥモロー』、ジョセフ・ノックス『トゥルー・クライム・ストーリー』など、翻訳書多数。

禍根《かこん》(下)

パトリシア・コーンウェル | 池田真紀子《いけだまきこ》 訳

講談社文庫
定価はカバーに
表示してあります

2023年12月15日第1刷発行

発行者——髙橋明男
発行所——株式会社　講談社
東京都文京区音羽2-12-21　〒112-8001
電話　出版　(03) 5395-3510
　　　販売　(03) 5395-5817
　　　業務　(03) 5395-3615

Printed in Japan

KODANSHA

デザイン—菊地信義
本文データ制作—講談社デジタル製作
印刷———TOPPAN株式会社
製本———株式会社国宝社

ISBN978-4-06-534116-2

講談社文庫刊行の辞

二十一世紀の到来を目睫に望みながら、われわれはいま、人類史上かつて例を見ない巨大な転換期をむかえようとしている。

世界も、日本も、激動の予兆に対する期待とおののきを内に蔵して、未知の時代に歩み入ろうとしている。このときにあたり、創業の人野間清治の「ナショナル・エデュケイター」への志を現代に甦らせようと意図して、われわれはここに古今の文芸作品はいうまでもなく、ひろく人文・社会・自然の諸科学から東西の名著を網羅する、新しい綜合文庫の発刊を決意した。

激動の転換期はまた断絶の時代である。われわれは戦後二十五年間の出版文化のありかたへの深い反省をこめて、この断絶の時代にあえて人間的な持続を求めようとする。いたずらに浮薄な商業主義のあだ花を追い求めることなく、長期にわたって良書に生命をあたえようとつとめるところにしか、今後の出版文化の真の繁栄はあり得ないと信じるからである。

同時にわれわれはこの綜合文庫の刊行を通じて、人文・社会・自然の諸科学が、結局人間の学にほかならないことを立証しようと願っている。かつて知識とは、「汝自身を知る」ことにつきていた。現代社会の瑣末な情報の氾濫のなかから、力強い知識の源泉を掘り起し、技術文明のただなかに、生きた人間の姿を復活させること。それこそわれわれの切なる希求である。

われわれは権威に盲従せず、俗流に媚びることなく、渾然一体となって日本の「草の根」をかたちづくる若く新しい世代の人々に、心をこめてこの新しい綜合文庫をおくり届けたい。それは知識の泉であるとともに感受性のふるさとであり、もっとも有機的に組織され、社会に開かれた万人のための大学をめざしている。大方の支援と協力を衷心より切望してやまない。

一九七一年七月

野間省一

講談社文芸文庫

高橋源一郎

君が代は千代に八千代に

解説＝穂村 弘　年譜＝若杉美智子・編集部

「この日本という国に生きねばならぬすべての人たちについて書くこと」を目指し、ありとあらゆる状況、関係、行動、感情……を描きつくした、渾身の傑作短篇集。

たN5
978-4-06-533910-7

大澤真幸

〈世界史〉の哲学 3 東洋篇

解説＝橋爪大三郎

二三世紀頃、経済・政治・軍事、全てにおいて最も発展した地域だったにもかかわらず、覇権を握ったのは西洋諸国だった。どうしてなのだろうか？　世界史の謎に迫る。

おZ4
978-4-06-533646-5

海外作品

小説

ウェンディ・ウォーカー 池田真紀子訳 まだすべてを忘れたわけではない
D・クロンビー 西田佳子訳 警視の週末
D・クロンビー 西田佳子訳 警視の挑戦
D・クロンビー 西田佳子訳 警視の哀歌
D・クロンビー 西田佳子訳 警視の謀略
D・クロンビー 西田佳子訳 警視の慟哭
ウィリアム・K・クルーガー 野口百合子訳 闇の記憶
P・コーンウェル 池田真紀子訳 死層 (上)(下)
P・コーンウェル 池田真紀子訳 邪悪 (上)(下)
P・コーンウェル 池田真紀子訳 烙印 (上)(下)
マイクル・コナリー 古沢嘉通訳 燃える部屋 (上)(下) 〈シリーズ25周年記念エッセイ収録〉
マイクル・コナリー 古沢嘉通訳 贖罪の街 (上)(下)
マイクル・コナリー 古沢嘉通訳 訣別 (上)(下)
マイクル・コナリー 古沢嘉通訳 レイトショー (上)(下)
マイクル・コナリー 古沢嘉通訳 汚名 (上)(下)
マイクル・コナリー 古沢嘉通訳 素晴らしき世界 (上)(下)
マイクル・コナリー 古沢嘉通訳 鬼火 (上)(下)
マイクル・コナリー 古沢嘉通訳 警告 (上)(下)
マイクル・コナリー 古沢嘉通訳 潔白の法則 (上)(下) 〈リンカーン弁護士〉
マイクル・コナリー 古沢嘉通訳 ダーク・アワーズ (上)(下)
マイクル・コナリー 古沢嘉通訳 正義の弧 (上)(下)
ジェーン・シェミルト 北沢あかね訳 ナオミ
L・チャイルド 小林宏明訳 パーソナル (上)(下)
リー・チャイルド 青木創訳 ミッドナイト・ライン (上)(下)
リー・チャイルド 青木創訳 葬られた勲章 (上)(下)
リー・チャイルド 青木創訳 宿敵 (上)(下)
リー・チャイルド 青木創訳 奪還 (上)(下)
リー・チャイルド 青木創訳 消えた戦友 (上)(下)
ハックスリー 松村達雄訳 すばらしい新世界
アリス・フィーニー 西田佳子訳 ときどき私は嘘をつく
ルシア・ベルリン 岸本佐知子訳 掃除婦のための手引き書 〈――ルシア・ベルリン作品集〉
C・J・ボックス 野口百合子訳 狼の領域
C・J・ボックス 野口百合子訳 冷酷な丘
C・J・ボックス 野口百合子訳 鷹の王
ジョージ・ルーカス著 上杉隼人 杉山まどか訳 スター・ウォーズ 〈エピソードⅣ 新たなる希望〉
ジョージ・ルーカス原作 ドナルド・F・グルート著 上杉隼人訳 スター・ウォーズ 〈エピソードⅤ 帝国の逆襲〉
ジョージ・ルーカス原作 ジェームズ・カーン著 上杉隼人訳 スター・ウォーズ 〈エピソードⅥ ジェダイの帰還〉
J・J・エイブラムス他原作 アラン・D・フォスター著 稲村広香訳 スター・ウォーズ 〈フォースの覚醒〉
ジョージ・ルーカス原作 テリー・ブルックス著 上杉隼人/大島資生訳 スター・ウォーズ 〈エピソードⅠ ファントム・メナス〉
ジョージ・ルーカス原作 R・A・サルヴァトーレ著 上杉隼人/上原尚子訳 スター・ウォーズ 〈エピソードⅡ クローンの攻撃〉
ジョージ・ルーカス原作 マシュー・ストーヴァー著 上杉隼人/有馬さとこ訳 スター・ウォーズ 〈エピソードⅢ シスの復讐〉
ジョン・ノール他原作 アレクサンダー・フリード著 稲村広香訳 ローグ・ワン 〈スター・ウォーズ・ストーリー〉
ライアン・ジョンソン原作 ジェイソン・フライ著 稲村広香訳 スター・ウォーズ 〈最後のジェダイ〉
ローレンス・カスダン ジョナサン・カスダン原作 ムア・ラファティ著 稲村広香訳 ハン・ソロ 〈スター・ウォーズ・ストーリー〉
J・J・エイブラムス他原作 レイ・カーソン著 稲村広香訳 スター・ウォーズ 〈スカイウォーカーの夜明け〉

講談社文庫 海外作品

ティモシイ・ザーン 富永和子訳 スター・ウォーズ 帝国の後継者(上)(下)
ティモシイ・ザーン 富永和子訳 スター・ウォーズ 暗黒の艦隊(上)(下)
ティモシイ・ザーン 富永和子訳 スター・ウォーズ 最後の指令(上)(下)
ジャンニ・ロダーリ 内田洋子訳 パパの電話を待ちながら
ジャンニ・ロダーリ 内田洋子訳 緑の髪のパオリーノ
ジャンニ・ロダーリ 内田洋子訳 クジオのさかな会計士
ジャンニ・ロダーリ 山田香苗訳 うそつき王国とジェルソミーノ

ノンフィクション

M・セリグマン 山村宜子訳 オプティミストはなぜ成功するか
ダニエル・タメット 古屋美登里訳 ぼくには数字が風景に見える

児童文学

エーリッヒ・ケストナー 山口四郎訳 飛ぶ教室

ディック・ブルーナ 講談社編 ミッフィーからの贈り物（ブルーナさんがはじめて語る人生と作品のひみつ）
ディック・ブルーナ 講談社編 miffy Notepad Red
ディック・ブルーナ 講談社編 miffy Notepad White
ディック・ブルーナ 講談社編 BLACK BEAR Notepad
トーベ・ヤンソン 下村隆一訳 新装版 ムーミン谷の彗星
トーベ・ヤンソン 山室 静訳 新装版 たのしいムーミン一家
トーベ・ヤンソン 小野寺百合子訳 新装版 ムーミンパパの思い出
トーベ・ヤンソン 下村隆一訳 新装版 ムーミン谷の夏まつり
トーベ・ヤンソン 山室 静訳 新装版 ムーミン谷の冬
トーベ・ヤンソン 山室 静訳 新装版 ムーミン谷の仲間たち
トーベ・ヤンソン 小野寺百合子訳 新装版 ムーミンパパ海へいく
トーベ・ヤンソン 鈴木徹郎訳 新装版 ムーミン谷の十一月
トーベ・ヤンソン 冨原眞弓訳 小さなトロールと大きな洪水
ヤンソン（文・絵） パルッキネン（編） 渡部 翠（訳） ムーミン谷の名言集
ヤンソン（絵） ニョロニョロ ノート
ヤンソン（絵） ムーミンママ ノート

ヤンソン（絵） ムーミン ノート
ヤンソン（絵） ムーミンパパ ノート
ヤンソン（絵） ムーミン谷 春のノート
ヤンソン（絵） ムーミン谷 夏のノート
ヤンソン（絵） ムーミン谷 秋のノート
ヤンソン（絵） ムーミン谷 冬のノート
ヤンソン（絵） ムーミン100冊読書ノート
ヤンソン（絵） リトルミイ ノート
ヤンソン（絵） スナフキン ノート
ヤンソン（絵） リトルミイ 100冊読書ノート
ヤンソン（絵） ムーミン ぬりえダイアリー
ヤンソン（絵） ムーミン谷の仲間たち ぬりえダイアリー
L・ワイルダー こだま・渡辺訳 大きな森の小さな家
L・ワイルダー こだま・渡辺訳 大草原の小さな家
L・ワイルダー こだま・渡辺訳 プラム川の土手で
L・ワイルダー こだま・渡辺訳 シルバー湖のほとりで

講談社文庫　海外作品

L・ワイルダー
こだま・渡辺訳　農場の少年

L・ワイルダー
こだま・渡辺訳　大草原の小さな町

L・ワイルダー
こだま・渡辺訳　この輝かしい日々

ルイス・サッカー
幸田敦子訳　穴〈HOLES〉

芥川龍之介 藪の中
有吉佐和子 新装版 和宮様御留
阿刀田 高 ナポレオン狂
阿刀田 高 新装版 ブラック・ジョーク大全
安房直子 春の窓〈安房直子ファンタジー〉
相沢忠洋 「岩宿」の発見〈幻の旧石器を求めて〉
赤川次郎 偶像崇拝殺人事件
赤川次郎 人間消失殺人事件
赤川次郎 三姉妹探偵団
赤川次郎 三姉妹探偵団2〈キャンパス篇〉
赤川次郎 三姉妹探偵団3〈珠美・初恋篇〉
赤川次郎 三姉妹探偵団4〈怪奇篇〉
赤川次郎 三姉妹探偵団5〈復讐篇〉
赤川次郎 三姉妹探偵団6〈危機一髪篇〉
赤川次郎 三姉妹探偵団7〈駈け落ち篇〉
赤川次郎 三姉妹探偵団8〈人質篇〉
赤川次郎 三姉妹探偵団9〈青ひげ篇〉
赤川次郎 三姉妹探偵団10〈父恋し篇〉
赤川次郎 死が小径をやってくる〈三姉妹探偵団11〉
赤川次郎 死神のお気に入り〈三姉妹探偵団12〉
赤川次郎 次女と野獣〈三姉妹探偵団13〉
赤川次郎 心地よい悪夢〈三姉妹探偵団14〉
赤川次郎 ふるえて眠れ、三姉妹〈三姉妹探偵団15〉
赤川次郎 三姉妹、呪いの道行〈三姉妹探偵団16〉
赤川次郎 三姉妹、初めてのおつかい〈三姉妹探偵団17〉
赤川次郎 恋の花咲く三姉妹〈三姉妹探偵団18〉
赤川次郎 月もおぼろに三姉妹〈三姉妹探偵団19〉
赤川次郎 三姉妹、ふしぎな旅日記〈三姉妹探偵団20〉
赤川次郎 三姉妹、清く貧しく美しく〈三姉妹探偵団21〉
赤川次郎 三姉妹と忘れじの面影〈三姉妹探偵団22〉
赤川次郎 三姉妹、舞踏会への招待〈三姉妹探偵団23〉
赤川次郎 三人姉妹殺人事件〈三姉妹探偵団24〉
赤川次郎 三姉妹、さびしい入江の歌〈三姉妹探偵団25〉
赤川次郎 三姉妹、恋と罪の峡谷〈三姉妹探偵団26〉
赤川次郎 静かな町の夕暮に
赤川次郎 キネマの天使〈レンズの奥の殺人者〉
新井素子 グリーン・レクイエム〈新装版〉
安能務 訳 封神演義 全三冊
安西水丸 東京美女散歩
綾辻行人 殺人方程式〈切断された死体の問題〉
綾辻行人 鳴風荘事件 殺人方程式II
綾辻行人 十角館の殺人〈新装改訂版〉
綾辻行人 水車館の殺人〈新装改訂版〉
綾辻行人 迷路館の殺人〈新装改訂版〉
綾辻行人 人形館の殺人〈新装改訂版〉
綾辻行人 時計館の殺人〈新装改訂版〉
綾辻行人 黒猫館の殺人〈新装改訂版〉
綾辻行人 暗黒館の殺人 全四冊
綾辻行人 びっくり館の殺人
綾辻行人 奇面館の殺人(上)(下)
綾辻行人 どんどん橋、落ちた〈新装改訂版〉
綾辻行人 緋色の囁き〈新装改訂版〉
綾辻行人 暗闇の囁き〈新装改訂版〉
綾辻行人 黄昏の囁き〈新装改訂版〉
綾辻行人 人間じゃない〈完全版〉
綾辻行人ほか 7人の名探偵
我孫子武丸 探偵映画

我孫子武丸 新装版8の殺人
我孫子武丸 眠り姫とバンパイア
我孫子武丸 狼と兎のゲーム
我孫子武丸 新装版殺戮にいたる病
我孫子武丸 修羅の家
有栖川有栖 ロシア紅茶の謎
有栖川有栖 スウェーデン館の謎
有栖川有栖 ブラジル蝶の謎
有栖川有栖 英国庭園の謎
有栖川有栖 ペルシャ猫の謎
有栖川有栖 幻想運河
有栖川有栖 マレー鉄道の謎
有栖川有栖 スイス時計の謎
有栖川有栖 モロッコ水晶の謎
有栖川有栖 インド倶楽部の謎
有栖川有栖 カナダ金貨の謎
有栖川有栖 新装版マジックミラー
有栖川有栖 新装版46番目の密室
有栖川有栖 虹果て村の秘密

有栖川有栖 闇の喇《らっ》叭《ぱ》
有栖川有栖 真夜中の探偵
有栖川有栖 論理爆弾
有栖川有栖 名探偵傑作短篇集 火村英生篇
浅田次郎 勇気凜凜ルリの色
浅田次郎 霞町物語
浅田次郎 ひとは情熱がなければ生きていけない〈勇気凜凜ルリの色〉
浅田次郎 シェエラザード(上)(下)
浅田次郎 歩兵の本領
浅田次郎 蒼穹の昴 全四巻
浅田次郎 珍妃の井戸
浅田次郎 中原の虹 全四巻
浅田次郎 マンチュリアン・リポート
浅田次郎 天《てん》子《し》蒙《もう》塵《じん》 全四巻
浅田次郎 天国までの百マイル
浅田次郎 地《メ》下《ト》鉄《ロ》に乗って〈新装版〉
浅田次郎 おもかげ
浅田次郎 日輪の遺産〈新装版〉
青木玉 小石川の家

天樹征丸 画・さとうふみや 金田一少年の事件簿 小説版〈オペラ座館・新たなる殺人〉
天樹征丸 画・さとうふみや 金田一少年の事件簿 小説版〈雷《いかずち》祭《まつり》殺人事件〉
阿部和重 アメリカの夜
阿部和重 グランド・フィナーレ
阿部和重 A B C〈阿部和重初期作品集〉
阿部和重 ミステリアスセッティング
阿部和重 IP/NN 阿部和重傑作集
阿部和重 シンセミア(上)(下)
阿部和重 ピストルズ(上)(下)
阿部和重 アメリカの夜 インディヴィジュアル・プロジェクション〈阿部和重初期代表作Ⅰ〉
阿部和重 無情の世界 ニッポニアニッポン〈阿部和重初期代表作Ⅱ〉
甘糟りり子 産む、産まない、産めない
甘糟りり子 産まなくても、産めなくても
赤井三尋 翳《かげ》りゆく夏
あさのあつこ NO.6〔ナンバーシックス〕#1
あさのあつこ NO.6〔ナンバーシックス〕#2
あさのあつこ NO.6〔ナンバーシックス〕#3
あさのあつこ NO.6〔ナンバーシックス〕#4
あさのあつこ NO.6〔ナンバーシックス〕#5

講談社文庫　目録

麻見和史 蝶の力学〈警視庁殺人分析班〉
麻見和史 雨色の仔羊〈警視庁殺人分析班〉
麻見和史 奈落の偶像〈警視庁殺人分析班〉
麻見和史 鷹《たか》の砦《とりで》〈警視庁殺人分析班〉
麻見和史 凪《なぎ》の残響〈警視庁殺人分析班〉
麻見和史 天空の鏡〈警視庁殺人分析班〉
麻見和史 深紅の断片〈警防課救命チーム〉
麻見和史 邪神の天秤〈警視庁公安分析班〉
麻見和史 偽神の審判〈警視庁公安分析班〉
有川 浩 三匹のおっさん
有川 浩 三匹のおっさん ふたたび
有川 浩 ヒア・カムズ・ザ・サン
有川 浩 旅猫リポート
有川ひろ アンマーとぼくら
有川ひろ ほか ニャンニャンにゃんそろじー
荒崎一海 門前仲町〈九頭竜覚山 浮世綴㈠〉
荒崎一海 蓬莱橋雨景〈九頭竜覚山 浮世綴㈡〉
荒崎一海 寺町哀感〈九頭竜覚山 浮世綴㈢〉
荒崎一海 小《お》名《な》木《き》川《がわ》〈九頭竜覚山 浮世綴㈣〉
荒崎一海 一色町雪花〈九頭竜覚山 浮世綴㈤〉
朱野帰《かえる》子《こ》 駅物語
朱野帰子 対岸の家事
東 浩紀 一般意志2・0〈ルソー、フロイト、グーグル〉
朝倉宏景 白球アフロ
朝倉宏景 野球部ひとり
朝倉宏景 つよく結べ、ポニーテール
朝倉宏景 あめつちのうた
朝倉宏景 エール〈夕暮れサウスポー〉
朝井リョウ スペードの3
朝井リョウ 世にも奇妙な君物語
有沢ゆう希 末次由紀 原作 〈小説〉ちはやふる 上の句
有沢ゆう希 末次由紀 原作 〈小説〉ちはやふる 下の句
有沢ゆう希 末次由紀 原作 〈小説〉ちはやふる 結び
有沢ゆう希 小説 パーフェクトワールド〈君といる奇跡〉
有沢ゆう希 原作：金田一蓮十郎 脚本：徳永友一 小説 ライアー×ライアー
秋川滝美 幸《こう》腹《ふく》な百貨店
秋川滝美 幸腹な百貨店〈デパ地下おにぎり騒動〉
秋川滝美 幸腹な百貨店〈催事場で蕎麦屋呑み〉
秋川滝美 マチのお気楽料理教室〈湯けむり食事処〉
秋川滝美 ヒソップ亭〈湯けむり食事処〉
秋川滝美 ヒソップ亭2
赤神 諒 神遊の城
赤神 諒 大友二階崩れ
赤神 諒 大友落月記
赤神 諒 酔象の流儀 朝倉盛衰記
赤神 諒 空《うつせ》貝《がい》〈村上水軍の神姫《しんき》〉
赤神 諒 立花三将伝
彩瀬まる やがて海へと届く
浅生 鴨 伴走者
天野純希 有楽斎の戦
天野純希 雑賀《さいか》のいくさ姫《ひめ》
青木祐子 コーチ！〈はげまし屋・立花ことりのクライアントファイル〉
秋《あき》保《う》水《すい》菓《か》 コンビニなしでは生きられない
相沢沙呼 medium《メディウム》 霊媒探偵城塚《じょうづか》翡翠《ひすい》
新井見枝香 本屋の新井
碧野 圭 凛として弓を引く
碧野 圭 凛として弓を引く〈青雲篇〉

赤松利市　東京棄民
五木寛之　ソフィアの秋
五木寛之　狼のブルース
五木寛之　海峡物語
五木寛之　風花のひと
五木寛之　鳥の歌(上)(下)
五木寛之　燃える秋
五木寛之　真夜中の望遠鏡〈流されゆく日々'78〉
五木寛之　ナホトカ青春航路〈流されゆく日々'79〉
五木寛之　旅の幻燈
五木寛之　他力
五木寛之　こころの天気図
五木寛之　新装版 恋歌
五木寛之　百寺巡礼　第一巻　奈良
五木寛之　百寺巡礼　第二巻　北陸
五木寛之　百寺巡礼　第三巻　京都I
五木寛之　百寺巡礼　第四巻　滋賀・東海
五木寛之　百寺巡礼　第五巻　関東・信州
五木寛之　百寺巡礼　第六巻　関西
五木寛之　百寺巡礼　第七巻　東北
五木寛之　百寺巡礼　第八巻　山陰・山陽
五木寛之　百寺巡礼　第九巻　京都II
五木寛之　百寺巡礼　第十巻　四国・九州
五木寛之　海外版　百寺巡礼　インドI
五木寛之　海外版　百寺巡礼　インド2
五木寛之　海外版　百寺巡礼　朝鮮半島
五木寛之　海外版　百寺巡礼　中国
五木寛之　海外版　百寺巡礼　ブータン
五木寛之　海外版　百寺巡礼　日本・アメリカ
五木寛之　青春の門　第七部　挑戦篇
五木寛之　青春の門　第八部　風雲篇
五木寛之　青春の門　第九部　漂流篇
五木寛之　親鸞　青春篇(上)(下)
五木寛之　親鸞　激動篇(上)(下)
五木寛之　親鸞　完結篇(上)(下)
五木寛之　五木寛之の金沢さんぽ
五木寛之　海を見ていたジョニー　新装版
井上ひさし　モッキンポット師の後始末
井上ひさし　ナイン
井上ひさし　四千万歩の男　全五冊
井上ひさし　四千万歩の男　忠敬の生き方
井上ひさし・司馬遼太郎　新装版 国家・宗教・日本人
池波正太郎　私の歳月
池波正太郎　よい匂いのする一夜
池波正太郎　梅安料理ごよみ
池波正太郎　わが家の夕めし
池波正太郎　新装版 緑のオリンピア
池波正太郎　新装版 殺しの四人〈仕掛人・藤枝梅安(一)〉
池波正太郎　新装版 梅安蟻地獄〈仕掛人・藤枝梅安(二)〉
池波正太郎　新装版 梅安最合傘〈仕掛人・藤枝梅安(三)〉
池波正太郎　新装版 梅安針供養〈仕掛人・藤枝梅安(四)〉
池波正太郎　新装版 梅安乱れ雲〈仕掛人・藤枝梅安(五)〉
池波正太郎　新装版 梅安影法師〈仕掛人・藤枝梅安(六)〉
池波正太郎　新装版 梅安冬時雨〈仕掛人・藤枝梅安(七)〉
池波正太郎　新装版 忍びの女(上)(下)
池波正太郎　新装版 殺しの掟
池波正太郎　新装版 抜討ち半九郎

2023年 9 月15日現在